아들아
세상은 넓고 할 일은 많다
소중한 인생을
이렇게 살아라

아들아

세상은 넓고 할 일은 많다

소중한 인생을 이렇게 살아라

필립 체스터필드 지음 | 이진 옮김

새론북스

차례

차례

차례

차례

아들에게 주는 사랑의 말

사랑하는 아들에게.

내가 제대로 알고 있다면, 지금 난 금으로 주름 장식한 진홍빛 코트와 능라 양복조끼, 그리고 다른 모든 적당한 장신구를 걸친 멋진 신사에게 글을 쓰는 중이다.

작가는 모두 자신의 작품에 특별한 애착심을 가진단다. 하트 씨가 내 원고 최종판을 묶어서 출간할 만큼 내용이 좋다고 했다는 사실을 듣고서 아주 기뻤어. 붉은 색으로 책을 제본해 검정색을 입힌다고 들었는데, 난 하트 씨가 인쇄될 활자 내용도 신경써주길 바라고 있단다.

남에게 드러내보이기 위한 제본은 시선을 끌고, 모든 이의 주목을 받지. 하지만 이런 차이가 있다는 것을 알아두어라.

여성과 여성 같은 남성은 책보다 제본에 신경을 쓰는 데 비해, 지각과 학식있는 남성은 책 내용을 곧장 살펴본다는 점. 그리고 책 내용이 외양의 훌륭함과 일치하지 않다는 걸 알면, 더한 분개와 경멸로 책을 내팽개쳐버리는 법이라는 사실 말이다.

난 내 책이 읽힐 때, 최고의 독자들이 책 안에 담긴 관계와 일관성, 견고성, 그리고 정신을 발견해주길 바라고 있단다. 하트 씨가 원하는 만큼 충분히 교정과 교열을 해주겠지만 만일 네가 그와 협조하지 않으면, 그것은 헛일이 될 거라는 것을 염두에 두었으면 해.

지중해 지역에서의 우리의 성공에 관한 최근 소식을 전해준 데 대해 네게 고맙게 생각한다. 그리고 국무장관으로서 잘 알고 있어야 하는 것들을 적절히 얘길 해줘서 고맙고. 그러니 앞으로도 내가 신경쓸 일을 네가 잘 살펴주었으면 한다.

지금 넌 이탈리아의 바쁜 현장 근처에 있겠구나. 지도를 자주 펼쳐 보면서, 완벽하게 마음속에 모든 전쟁 활동무대를 그리고 있으리라 믿어 의심치 않는다.

소금 작업에 대한 너의 언급은 정말 마음에 들었다. 소금 작업을 보는 동안 네가 그 작업에 관심을 보였다는 것이 여실히 드러나더구나.

그러나, 그럼에도 불구하고, 스위스 소금이 아주 좋다는 네 말을 듣고도, 특유의 빠른 제조과정과 입자의 섬세함을 지닌 진짜 아티카 소금에는 조금 덜 미치지 않나 하는 생각이 들었단다.

그 아티카 소금이 보이오티아아테네 북서쪽에 있는 옛 그리스의 지방를 제외한 거의 모든 그리스에서 양념으로 사용되고 있고, 그 상당한 양은 이후 로마로 수출되어, 〈도시성〉이라는 혼합물로 위조가 되는데, 나중에는 이 〈도시성〉 성분이 천연 아티카 소금을 거의 완벽한 맛을 내는 소금으로 만들게 하는 데 결정적인 역할을 했지.

네가 이같은 두 개의 소금으로 간을 하면 할수록, 음식이 더 잘 보관될 것이고, 더 좋은 맛을 내게 될 거야.

그럼, 잘 있으렴! 하트 씨와 엘리엇 씨에게 안부 전해주고.

아들아

소중한 인생을
이렇게 살아라

chapter 01
사랑하는 내 아들에게

인생의 기반을 닦는 중요한 시기
-시간의 가치와 사용방법

지금 무엇보다도 네 마음 깊이 새겨주었으면 하는 것이 있다.

바로 시간의 진정한 가치를 알고 올바르게 사용하는 방법인데, 이를 제대로 알고 실천하는 사람은 많지 않다. 누구나 입으로는 "시간은 소중하다"고 떠들어대지만 실제로 시간을 소중하게 사용하는 사람은 그리 많지 않다.

아무 가치도 없는 일에 시간을 예사롭게 낭비해버리는 사람들조차도 "시간은 참으로 소중하다"든지, "어물거리고 있으면 눈 깜짝할 사이에 시간은 지나가버린다"는 둥, 진부하고 흔한 문장을 인용해가며 입으로는 별의별 소리를 다한다.

확실히 시간에 대한 격언은 헤아릴 수조차 없이 많기 때문에 그것을 적당히 주워서 입에 담기란 그만큼 쉬운 일이다. 즉 시간을 대수롭지 않게 생각한다는 의미겠지.

'시간을 낭비하지 않고 유용하게 사용하는 것이 얼마나 긴요한 것이며, 한번 놓친 시간은 다시 회복할 수 없다는 사실을 잘 알고 있으면서도, 자신의 시간을 낭비하지 않는 사람이 없다'는 경고 문구가 유럽 전역에 설치된 해시계 밑에 빠짐없이 새겨져 있음을 유념해야 한다.

그리고 이러한 훈계와 경구를 단순히 이해하는 것에만 그쳐서는 안 된다. 몸소 남에게 가르칠 수 있을 정도로 그 교훈을 스스로 경험하여 알고 있지 않다면, 진실로 시간의 가치와 그 사용법을 잘 안다고는 말할 수 없을 테니까.

그런 점에서, 내가 너의 시간 사용법을 관찰해보니, 너는 다행스럽게도 시간의 소중함을 잘 알고 있는 것 같더구나. 이것은 대단히 중요한 일이란다. 이것을 알고 있느냐, 모르고 있느냐에 따라서 앞으로 네 인생은 하늘과 땅만큼 달라질 테니 말이다.

니에게 시간의 신용과 남용에 판해서 이러쿵저러쿵 말할 생각은 없다. 그렇지만 앞으로 네 기나긴 일생 중 어느 한 시기, 이를테면 앞으로 2년 동안을 어떻게 사용할 것인가에 관하여 몇 가지 교훈을 줄까 한다.

먼저 네가 사회에 첫 발을 내딛기 전까지는 지식의 기반을 다져 놓기 바란다. 그렇지 않으면 그 이후의 인생을 네가 뜻하는 대로 살아가기란 어려울 거야. 지식이란 것은, 내 나이가 되었을 때에는 삶의 휴식처가 되기도 하고 피난처가 되기도 하기 때문이지.

어떤 인생을 선택할 것인가

나는 퇴직 후에도 항상 책을 가까이하며 살아갈 생각이란다. 지금 내가 이렇게 아무 방해도 받지 않고 책을 읽는 즐거움에 젖을 수 있는 것도, 생각해보면 내가 네 나이 때 확고한 신념을 가지고 공부했기 때문인 듯싶다. 그때 좀더 열심히 공부했더라면 이 만족감은 더욱 컸을지도 모르지. 여하튼 이렇게 세상의 속박을 떠나 독서에서 삶의 평온함을 찾을 수 있다는 것이 얼마나 축복인지…….

나는 젊었을 때 어느 정도 지식을 쌓아둔 것이 정말 다행이라고 생각한단다. 그렇다고 해서 놀았던 시간이 무조건 헛되다는 뜻은 아니다. 논다는 것은 때로 삶의 의욕을 북돋워줄 뿐만 아니라 모든 젊은이들의 욕구이기도 하니까.

나도 네 나이 때에는 마음껏 놀았다. 만일 그렇지 않았더라면 지금쯤은 논다는 것을 잘못 평가하고 있을지도 모르겠구나. 인간이란 자기가 모르는 일에는 유난히 흥미를 갖는 법이니 말이다.

다행스럽게도 나는 네 나이 때 마음껏 놀았기 때문에 논다는 것이 어떤 것인지 잘 알고 있으며 후회도 하지 않는다. 또한 마찬가지로 일을 하는 데 소비한 시간이 아깝다고 생각한 적도 없다. 일을 실제로 해보지 않고 겉모습만 보는 사람은 그 일이 대단할 것 같은 기분에 자기도 한 번 해보고 싶다고 생각하지만 그것은 실제로 경험해본 사람이 아니고서는 모르는 일이지.

다행히도 나는 일에도 놀이에도 능숙하였다. 곁에서 지켜보던 사람들이 놀라 감탄하거나 한숨을 쉬어대는 놀이나 일의 뒷면도 잘 알고 있었지. 그렇기에 후회하기는커녕 잘한 일이라고 생각한다.

그러나 내가 후회하고 있고 앞으로도 후회하리라 생각하는 것이 딱 한 가지 있는데, 그것은 바로 젊었을 때 미래에 대해 아무것도 생각하지 않고 나태하게 그냥 흘려보낸 시간이다.

앞으로 2년간은 네 인생에서 대단히 중요한 시기라 지금 아버지는 너에게 간곡히 부탁하고 싶다. 이 기간을 가치 있게 보내라고. 지금 네가 아무 일도 하지 않고 지낸다면 그만큼 네 지식의 양도 줄 것이며, 인품 형성에서도 손실이 클 것이다. 반대로 네가 진정 이 기간을 뜻있게 보낸다면, 그러한 시간들이 쌓이고 쌓여서 네 인생의 기반이 탄탄해질 것이다.

앞으로 2년 동안 너는 학문의 기반을 다져놓아야 한다. 일단 기반을 다져놓으면 그 다음은 언제든지 네가 원하는 때에 원하는 만큼의 지식을 흡수할 수 있다. 그렇게 하지 않고 나중에 필요한 시기가 되어서야 학문의 기초를 다지려고 하면 그때는 이미 늦다. 또한 젊었을 때 그런 기반을 닦아놓지 않으면 나이가 들었을 때 매력 없는 사람이 되어버린다.

나는 네가 일단 사회에 나가면 책을 많이 읽으라고는 말하지 않을 작정이다. 무엇보다도 너에게는 그럴 시간이 없을 테니까. 설령 시간이 있다고 해도 너는 이미 책만 읽고 있을 신분은 아닐 것이다.

그러므로 네 인생에서 유일한 면학의 시기는 바로 지금이다. 누구의 방해도 받지 않고 마음껏 지식을 축적할 수 있는 시기가 바로 지금이다. 하지만 너도 책상 앞에 앉으면 때로는 짜증이 날 테지. 그럴 때는 이렇게 생각해라. '어차피 한 번은 통과해야 하는 길이다. 그러니 단 몇 시간이라도 더 버티면 내 인생의 목표에 그만큼 빨리 도달할 수 있다'고 말이다. 때로는 그것이 힘들더라도, 그 힘든 일을 필요한 여행에서 생기는 불가피한 피로라고 받아들이기 바란다. 하루에 더 많은 시간을 여행하면 할수록 더 빨리 목적지에 도달하게 될 것이다. 빨리 자유로워지느냐 그렇지 못하느냐는 오직 네가 시간을 어떻게 사용하느냐에 달려 있단다.

자유를 누릴 자격을 일찍 획득하면 할수록 그만큼 더 빨리 자유를 얻게 될 것이며 해방감은 중간에 개재하는 시간을 어떻게 선용하느냐에 전적으로 의존하게 될 것이다.

나는 우리 두 사람 사이에 일종의 선량한 계약과도 같은 한 가지 약속, 즉 네가 사회에 나가기 전까지 내가 너에게 바라는 모든 것을 이행하면 네가 앞으로 나한테 바라는 모든 것을 맹세코 다 해줄 것을 너에게 제안하고 싶구나.

자기 발전을 위한 노력은
아무리 해도 지나치지 않다

알맞게 절제할 수만 있다면 네 나이 때에는 무리해서 운동하지 않아도 충분히 건강을 유지할 수 있다. 그러나 사람의 두뇌는 그렇지가 않다. 특히 네 나이 때에는 평소에도 마음을 절제하는 것이 필요하단다. 때로는 머리를 쉬게 하는 취미를 갖거나 운동을 하는 것이 중요하지. 지금 이 시간을 효과적으로 어떻게 활용하느냐가 핵심 포인트이고 그것이 장래의 네 두뇌 활동에 큰 영향을 미친다.

뿐만 아니라, 두뇌를 명석하게 만들고 건강한 상태로 유지하기 위해서는 상당한 훈련이 필요하다. 훈련된 두뇌와 그렇지 않은 두뇌를 비교해보고 나면, 너도 두뇌를 훈련시키기 위해서라면 아무리 많은 시간과 노력을 쏟아부어도 좋다고 생각할 것이다.

물론 때로는 훈련 따위는 하지 않았는데도 자연적인 힘만으로 천부적인 재능이 나타나기도 한다. 하지만 그런 일은 좀처럼 흔하지 않아. 무작정 그것을 기대하고 기다릴 수도 없는 노릇이잖니. 게다가 만일 그러한 천부적인 재능에 훈련까지 보태진다면 더 위대하게 될 것은 자명한 일. 따라서 늦기 전에 지식을 쌓을 수 있도록 노력을 아끼지 말기 바란다. 만약 그러지 않으면 너는 출세는커녕 어쩌면 평범한 인간조차도 되지 못할 것이다.

너 자신을 한번 돌아다보렴. 너에게는 지금 출세의 발판이 될 만한 지위도 재산도 전혀 없다. 나도 언제까지 너에게 힘이 되어줄 수 있을지 모른다. 아마도 네가 성인이 되어 사회에 진출해 있을 무렵이면 나는 이미 은퇴했을 것이다.

그렇다면 너는 무엇에 의지하고 무엇을 기대하겠느냐? 오직 자신의 힘밖에는 없다. 네 자신의 힘만이 유일한 출세 방법이 될 것이며, 또 그래야만 한다. 물론 너에게 그만한 힘이 있다면 말이지.

나는 종종, 자신은 뛰어난 사람인데 사회에서 인정을 받지 못했다든가 남에게 밀렸다고 푸념하는 이들을 직접 보기도 하고 책에서 접하기도 했다. 하지만 내가 알고 있는 바로는 실제 그런 일은 없었다. 반드시라고 말해도 좋을 만큼, 자기 향상을 위해 노력하는 특출한 사람은 어떠한 역경이 닥치더라도 반드시 성공을 거두더구나.

자신을 크게 만드는 세 가지 방법

내가 말한 '특출한 사람'은 지식과 식견 그리고 매너가 훌륭한 사람을 의미한다. 식견이 얼마나 중요한가는 새삼스럽게 더 말할 필요도 없겠지. 다만 여기서 한마디 하자면, 식견을 갖지 못한 사람은 쓸쓸한 인생을 살아간다는 것이다.

다시 말하지만 지식은, 자신이 무엇을 목표로 삼든지 충분히 몸에 익혀두어야만 한다.

매너는 지금 제시한 요소들 가운데에서 가장 사소한 것일지도 모른다. 그러나 특출한 사람이 되기 위해 빼놓을 수 없는 요소 중 하나다. 매너가 어떠하냐에 따라서 지식이나 식견이 빛나기도 하고 흐려지기도 하니까. 그리고 사람의 마음을 매료시키는 것도 어찌보면 지식이나 식견이 아니라 그 사람의 매너인 것 같아 유감스런 생각도 든다.

내가 기회 있을 때마다 써보낸 사연들, 그리고 앞으로 써보낼 글들에 대해서 신시하게 귀 기울여주기 바란다. 그것들은 내가 오랜 경험 끝에 얻어낸 소중한 지혜의 결과물이다. 또한 무엇보다도 너에 대한 나의 애정의 표시란다. 나는 너 이외의 어느 누구에게도 이런 조언을 할 생각이 없다.

너는 아직 내가 네 장래를 위해 걱정하고 있는 마음의 절반만큼에도 미치지 못하는 것 같다. 즉, 네 자신을 위해 무언가를 할 능력이 못 되는 것 같다는 말이다. 따라서 지금은 내 충고가 너에게 어떤 도움이 될지 모르겠지만, 당분간은 내가 하는 말에 잠자코 따라주었으면 좋겠구나. 그러면 언젠가는 나의 충고가 헛된 것이 아니었음을 깨달을 날이 반드시 올 것이다.

Chapter 02
큰 그릇이 되어라

노력하지 않으면
절대 성장할 수 없다

'태만'에 대해서 네게 말해주고 싶은 것이 있다. 너를 향한 나의 애정은 연약한 어머니의 애정과는 다르다. 나는 자기 자식의 결점을 보고 그냥 지나쳐버리는 따위의 나약한 행동은 하지 않는다.

오히려 그 반대다. 결점이 있으면 그것을 바로잡아 줄 것이다. 그것이 부모의 의무이자 특권이라 생각하기 때문이다. 또한 내가 지적한 점을 고치려고 노력하는 것이 자식인 너의 의무이자 권리라고 생각하는데, 너는 어떻게 생각하니?

다행히도 지금까지 내가 봐온 범위에서는 성격이나 재능 면에서 너에게는 별로 이렇다 할 문제는 없었다. 다만 약간 태만하고 주의가 산만하며 무관심한 것 같더구나.

그러한 점들은 육체적으로나 정신적으로 나이 든 노인이라면 몰라도—인생의 황혼기를 맞이한 노인은 여생을 평온히 보내기를 원하기 때문이다—젊은이에게는 절대로 용서할 수 없는 일이다. 젊은 사람은 남보다 뛰어나고 더 돋보이도록 노력하지 않으면 안 된다. 민첩하게 행동하고 무엇을 하든지 끈기가 있어야 한다.

카이사르로마의 군인이자 정치가도 말했듯이 무언가를 만들어내는 훌륭한 행동이 아니면 행동이라고 말할 수 없다.

너에게는 용솟음치는 젊음의 활기 같은 것이 조금 모자라는 것 같다. 활기가 있어야 주위 사람들을 기쁘게 할 수 있으며 또한 남들보다 뛰어나고 돋보이고자 노력할 수 있는 법이다. 다시 한 번 말하자면, 존경받는 사람이 되고 싶다면 그렇게 되기 위해 부단히 노력해라. 그렇지 않고서는 결코 존경받는 사람이 될 수 없다. 이것은 진리다. 남을 기쁘게 하려고 마음을 쓰지 않으면 남을 기쁘게 만들 수 없는 것과 똑같은 이치다.

나는, 사람은 누구나 자신이 마음먹은 바를 이룰 수 있다고 믿는다. 평범한 재능을 가진 사람이라면, 자신의 능력을 개발하고 집중력을 배양하는 노력을 게을리하지 않는다면 훌륭한 사람이 될 수 있다.

너는 앞으로 사회에서 한 몫을 담당해야 할 것이다. 그러기 위해서 네가 지금 해야 할 일은 무엇일까? 세계 여러 나라의 정세, 여러 나라들과의 이해관계, 경제상태·역사·관습 등의 지식을 골고루 습득해야 한다. 이런 일들은 보통의 두뇌를 지닌 사람이라면 조금만 노력을 기울여도 충분히 할 수 있다. 따라서 그것을 할 수 없다고 말한다면 다른 사람들은 이해하지 못할 것이다. 왜냐하면 자신이 무엇을 해야 하는가를 알고 있으면서도 그것을 하지 않는 것은 태만 이외의 아무것도 아니기 때문이다.

높은 이상을 품으려면 어떻게 살아야 하는가?

태만한 사람은 일을 성취하려는 노력을 끝까지 하지 않는다. 조금만 까다롭거나 골치가 아프거나 하면(성취하거나 체득할 가치가 있는 것은 다소의 어려움이나 골치 아픈 것이 따라다니게 마련이다) 쉽게 좌절함으로써 목표를 달성하기 직전에 포기한다. 그리고 결과적으로는 표면적인 것에 불과한 지식을 얻는 것으로 만족해버린다. 이는 조금 더 참고 노력하는 것보다 바보나 무지한 인간이 되는 쪽을 선택하는 것과 같다.

이들은 무슨 일을 하든 지레 겁을 먹고는 '할 수 없다'고 생각한다. 실제로 진지하게 도전해보면 할 수 없는 일은 그다지 많지 않은데도 말이다. 또한 모든 일을 바로 불가능하다고 결정지어버리고는 자신의 태만을 변명하기 위해 그렇게 생각하는 척만 할 뿐이다.

이들에게는 한 가지 일에 한 시간을 집중하는 것도 일종의 고통이다. 따라서 그들은 무슨 일이든지 처음에 받아들인 대로 해석할 뿐 다른 관점으로는 생각하고 싶어 하지 않는다. 결국 깊이 생각하지 않는 것이다. 이런 사람들이 통찰력이나 집중력을 겸비한 사람을 상대로 대화를 시작하면 금세 자신의 무지와 태만이 드러나게 되어, 횡설수설하면서 종잡을 수 없는 이야기만 늘어놓는다.

그러므로 처음에 어렵다거나 귀찮은 일이라고 생각되어도 결코 포기해서는 안 된다. 더욱 용기를 내어, 알고 있어야 할 일은 철저하게 알고야 말겠다는 굳은 마음가짐을 가져야 한다. 그런 의지가 없다면 어떻게 이 험한 세상을 살아가겠느냐?

전문 분야 이외의 상식도 알아두는 것이 중요하다

지식 중에는 어떤 특정한 직업을 가진 사람에게는 필요하지만 그밖의 사람에게는 필요없는 것도 있다. 예를 들면 항해학이나 천문학에 대해서는 대화 중에 네가 적당히 질문만 하면 얻어낼 수 있는, 표면적이고 일반적인 수준의 지식만 갖추어도 충분할 것이다.

하지만 어떠한 직업을 가진 사람이든 공통적으로 알아두어야 할 것은 철저하게 알아두는 것이 좋다. 이를테면 외국어·역사·지리·철학·논리학·수사학 등이다. 너의 경우는 그밖에도 유럽 각국의 정치 형태나 군사 및 종교에 관한 지식 등이 필요하다. 이 광범위한 지식 체계를 자신의 것으로 흡수하기는 그다지 쉬운 일은 아니며 각별한 노력이 필요할 것이다. 그러나 한 가지씩, 꾸준하게 그 지식을 쌓아가면 불가능한 일도 아니다. 그리고 그 노력은 미래에 네게 큰 재산으로 남을 것이다.

다시 말하지만, 너는 어리석은 사람들이 흔히 입에 올리는 '그런 일은 할 수 없다'라는 변명 따위는 하지 말아라. 또한 하지 않으리라 믿는다. 정신적으로나 육체적으로 '사람이 할 수 없는' 일은 거의 없다. '한 가지 일에 오랫동안 집중할 수 없다'고 말하는 것은 "나는 바보요", "하기 싫소"라고 말하는 것과 조금도 다를 바가 없다.

내가 아는 사람 중에 칼을 어떻게 몸에 차야 할지 모르는 사람이 있었다. 그는 식사할 때마다 그것을 풀어놓았다. 칼을 찬 채로는 식사를 할 수가 없다는 것이었다. 그래서 나는 이렇게 충고했다.

"칼을 풀어놓는다는 것은, 바로 이 식사 중에는 자신에게나 다른 동석자에게나 위험한 일이 절대로 일어나지 않는다고 당신이 보증한다는 의미입니다."

아무튼, 다른 모든 사람들이 하고 있는 일을 '할 수 없다'고 말하는 것은 참으로 부끄러운 일이며 또한 어리석은 일이다.

자신만의
독특한 독서법을 개발하라

내가 얼마 전에 너에게 유럽 각국의 민간 및 군사제도에 대하여 지식을 넓히라고 충고한 적이 있는데, 네 스스로 권위 있는 논문을 읽을 수 있도록 여기 조그만 책 한 권을 보낸다. 하노버가 쓴 기사에서 위의 지식을 얻을 수 있는 방법을 간결하게 설명해놓았으며 서신체재로 편찬한 책이다. 참고하고 싶은 기사로 즉각 페이시를 넘겨 읽을 수 있으며 각 기사 사이에 백지를 삽입하여 부분적인 내용에 대하여 네 자신의 의견을 적어넣을 수 있게 해놓았다. 어느 곳에 가더라도 가지고 다닐 수 있는 책이며, 원하는 기사를 원하는 목적으로 활용할 수 있다.

나는 이런 방법으로 독서하는 데에 많은 이점이 있음을 발견하였다. 이번 기회에 너한테 보낼 책으로 무엇이 좋을지를 알았다면 분명히 그런 책을 택했을 것이다.

프랑스 사람들은 '소인은 우정을 유지하지만, 대인은 우정을 키운다'라는 말을 흔히 쓴다. 그렇지만 나는 네가 무엇을 원하는지를 기억할 수 없고 여기서 얻을 수 있는 것이라면 그곳에서도 구하지 못할 것이 없다고 본다. 스스로 보람을 느낄 수 있도록 계속 노력하면 내가 너에게 해줄 수 있는 것에 부족함이 없을 것임을 확실히 해두는 바이다.

내가 놓여 있는 상황이 너한테 불리하게 작용할 거라는 염려는 하지 말거라. 매사는 원하는 대로 다 이루어질 수 있으니, 사업에 필요한 적성을 갖출 수 있도록 유념하기 바란다. 일단 적성이 확인되면 내 처지가 어떠하든 네가 첫발을 내딛는 데 나는 항상 너를 도와줄 능력이 있다는 사실을 상기하렴. 그 이후에는 네 자신의 능력에 의하여 네가 네 스스로를 돕지 않으면 안 된다. 자신을 필요한 존재로 만들고, 타인에게 간청하는 대신 타인으로부터 간청을 받아야 한다. 외교문제, 국가 간 이해문제, 국제적 시각, 유럽 각국의 왕실 현황에 대한 철저한 지식은 이 나라에서 그냥 얻을 수 있는 것이 아니다. 그 모든 것을 습득할 수 있는 것은 네 능력의 범위 안에 있으며 너는 모든 여건을 다 확보하고 있다고 생각하는데, 네 생각은 어떠니?

작은 일을
소홀히 하지 않는 사람이 성공한다

세상에는 하찮은 일로 일 년 내내 바쁘게 사는 사람들이 있다.

그들은 무엇이 중요하고 무엇이 중요하지 않은가를 구분하지 못한다. 그래서 막상 중요한 일에 소비해야 할 시간과 노력을 사소한 일에 쏟아버리고 말지.

이런 사람들은 누구와 만나서 이야기를 나눌 때도 상대방의 겉모습에만 마음을 빼앗겨 정작 상대방의 인격을 보지 못한다. 또한 연극을 볼 때도 그 내용보다는 무대 장식에만 눈을 빼앗기지. 정치에 대해서도 진지한 자세로 정책이 이렇다거나 저렇다거나 말하기보다는 형식에 얽매여버린다. 이래서는 안 된다.

작은 일에도 최선을 다하는 습관을 가져라

그런데 똑같이 하찮은 일이라도 그것이 없으면 다른 사람의 호감을 살 수도 없고, 즐겁게 할 수도 없는 것이 있다. 이런 것들은 훌륭한 사람이 되기 위해 지식이나 식견을 넓히고 좋은 태도를 몸에 익히는 것과 마찬가지니, 아무리 사소하더라도 노력해서 익혀볼 만한 가치가 있다고 생각되는 것은 최선을 다해 성취해야 한다. 그리고 슬기롭게 그 일을 달성하기 위해서는 무엇보다도 노력하는 습관을 기울이지 않으면 안 된다.

그러므로 너에게 꼭 권하고 싶다. 예컨대 춤이나 옷차림 같은 사소한 것에까지 신경을 쓰도록 해라.

요즘에는 춤도 젊은이들이 알아두어야만 하는 것으로 인식되고 있잖니. 그렇기에 춤을 배울 때는 단정한 마음으로 배워야 하겠지. 우스꽝스러운 동작이라고 해서 무시해서는 안 된단다.

옷차림도 마찬가지다. 사람은 누구나 옷을 입어야 하니, 이왕이면 단정하게 입는 것이 좋지 않겠니?

어떤 사물이나 사람에게서 눈을 돌리지 마라

대체로 주의가 산만하다는 말을 듣는 사람은 머리가 모자라거나 집중력이 부족한 사람이다. 그 어느 쪽이든 함께 있어도 즐겁지 않은 것만은 확실하다. 그런 사람은 모든 면에서 예의에 어긋나 있기 때문이지.

예를 들면 어제까지만 해도 다정하게 지내던 사람에게 오늘은 갑작스레 모른 척을 한다. 다같이 모여 즐거운 이야기를 나누고 있어도 어울리려들지 않는다. 뿐만 아니라 이따금씩 갑자기 생각난 듯이 자기 마음대로 대화에 끼어든다. 이것은 한 가지 일에 정신을 집중하지 못한다는 증거이다. 그렇지 않다면 더 중요하다고 여겨지는 무엇인가에 정신을 빼앗기고 있다고밖에 생각할 수 없겠지.

어쨌든 뉴턴영국의 물리학자, 천문학자을 비롯하여 오늘날까지 위대한 업적을 남겼던 수많은 천재들은 주위에 아무리 많은 사람들이 있어도 사색에 깊이 몰두할 수 있는 집중력이 있었다. 하지만 그러한 면죄부를 갖지 못한 일반 사람들은 그래서는 안 된다. 조금이라도 천재들을 흉내냈다가는 단순한 얼간이 취급을 받기 일쑤고, 결국에는 동료들 사이에서도 따돌림을 당하기 십상이다.

집중력이 모자라거나 주의가 산만한 사람과 같이 있으면 대다수의 사람들은 불쾌해한다. 그것은 상대방을 모욕하는 것과 다르지 않다. 모욕은 어떤 사람이라도 용서할 수 없는 일이다. 너도 생각해 보렴. 자기가 존경하는 사람이나 사랑하는 사람을 앞에 두고 어떻게 딴생각을 할 수 있겠니? 그럴 리가 없다. 요컨대 어떠한 사람이라도 주목할 만한 가치가 있다고 생각하는 사람에 대해서는 정신을 집중할 수밖에 없는 법이다. 그리고 어떠한 경우에도 주목할 만한 가치가 없는 상대는 없다.

솔직한 내 생각을 밝히자면, 마음이 다른 곳에 가 있는 사람과 함께 있을 바에야 차라리 죽은 사람과 함께 있는 편이 낫다. 적어도 죽은 사람은 나를 무시하지 않고 바보 취급도 하지 않을 테니까.

그런데 주의가 산만한 사람은 나를 주목할 만한 가치가 없는 사람이라고 무언의 단정을 내려버린 셈이다. 설령 그것이 맞다 하더라도 정신이 산만한 사람이 과연 같이 있는 사람들의 인격이나 매너, 그 고장의 관습 따위를 어떻게 제대로 관찰할 수 있겠나?

그런 사람은 설령 평생을 훌륭한 사람들에게 둘러싸여 있어도—물론 그 사람들이 받아들여 주어야 하겠지만, 또한 나 같으면 결코 받아들이지 않겠지만—무엇 하나 얻는 것도 없이 인생을 허비해버리고 말 것이다.

그리고 지금 당장 해야 할 일과 하고 있는 일에 정신을 집중하지 못하는 사람은 훌륭한 일을 할 수 없을뿐더러, 좋은 대화의 상대도 되지 못할 것이다.

너무 깊은 사색에 빠지지 마라

나는 너의 교육을 위해서라면 비용을 아낄 생각이 없다(그것은 너도 경험상 충분히 알고 있겠지). 그렇다고 해서 너에게 조나단 스위프트영국의 성직자이며 풍자작가가 지은 『걸리버 여행기』에 등장하는 '주의환기인注意喚起人'을 고용해줄 생각도 없다.

그 책에 나오는 라퓨타 사람들 중에 언제나 깊은 사색에 잠겨 있는 철학자가 있는데, 그들은 주의환기인이 발성 기관이나 청각 기관을 직접 만져주지 않으면 이야기를 할 수 없고, 다른 사람의 이야기도 들을 수 없다고 한다. 그래서 생활에 여유가 있는 집에서는 하인 중 한 사람에게 그 일을 맡긴다고 하더구나.

주인들은 이 주의환기인 없이는 외출할 수도 남의 집을 방문할 수도 없고, 산책조차 혼자서는 할 수가 없다. 왜냐하면 사색에 잠겨 있다가 갑자기 어떤 위험에 처하게 되었을 때, 주의환기인이 눈꺼풀을 가볍게 건드려서 그것을 알려주지 않으면 언제 벼랑에서 발을 헛디딜지, 기둥에 머리를 부딪칠지 알 수 없기 때문이다. 또 거리를 걸을 때는 언제 사람들과 부딪칠지, 언제 개집을 발로 걷어찰지 모르기 때문이다.

물론 나는 네가 라퓨타 사람들처럼 깊은 사색에 잠겨 주위상황을 깨닫지 못하게 되리라고는 추호도 생각하지 않는다.

너의 경우는 오히려 머릿속이 비어 있는 쪽이겠시만, 그렇다고 해서 너무나 부주의하여 주의환기인의 도움을 받아야 할 일은 일어나지 않도록 조심하기 바란다.

자존심은 자신이나 상대방이나
모두 똑같이 가지고 있다

　'주의환기인'까지야 필요없겠지만, 너는 주위 사람들에 대한 주의력이 다소 부족한 듯싶다. 주의력이 부족하다는 것은 네가 사람들을 무시하고 있다는 말이 된다. 여러 번 이야기했지만 세상에는 무시해도 좋을 만큼 사려가 없거나 쓸모없는 인간은 없다.

　물론 세상에는 많은 부류의 사람들이 있지. 그중에는 어리석은 사람들도 있고 똑똑하지 못한 사람들도 있을 것이다. 나는 그런 사람들을 존경하라고 말하지는 않겠다.

　그러나 그 사람들을 무시해서는 안 된다. 노골적으로 무시하면 오히려 자기 신세를 망칠 수도 있다. 상대방을 마음속으로 싫어하는 것은 자유지만 그런 마음을 나타낼 필요는 없다는 말이다. 그것은 비굴한 일이 아니다. 오히려 때로는 필요하면서도 현명한 태도이지. 왜냐하면 그러한 사람들이 언젠가는 너에게 힘이 되어줄지도 모르기 때문이란다.

그럴 경우, 네가 단 한 번이라도 그 사람을 무시한 일이 있었다면 상대방은 너에게 힘이 되어주지 않을 것이다. 나쁜 짓은 용서받을 수 있지만, 모욕을 주는 행위는 용서받을 수 없다. 사람에게는 저마다 자존심이라는 것이 있고, 그 자존심은 언제까지나 무시당한 일을 기억하게 마련이기 때문이다.

무시당한다는 것은, 때로 자신이 저지른 죄 이상으로 숨겨두고 싶은 약점이나 결점을 노골적으로 건드리는 일로 연결된다. 이것은 너무 괴로운 일이다.

실제로 친한 친구들에게 자신의 잘못을 고백하는 사람은 많지만, 약점이나 결점을 털어놓는 사람은 거의 없다. 마찬가지로 너의 잘못을 지적해주는 친구는 있어도 너의 약점을 노골적으로 건드리는 사람은 없을 것이다. 왜냐하면 자기 스스로 고백을 하든 다른 사람에게 지적을 받든 둘 다 자존심에 깊은 상처가 된다는 점을 알고 있기 때문이다.

어떠한 사람이라도 약간의 모욕을 당하면 그것에 분개할 만큼의 자존심은 가지고 있다. 따라서 평생의 적을 만들고 싶지 않거든 아무리 모욕을 받아 마땅한 인간이라 여겨지더라도 결코 그것을 겉으로 드러내서는 안 된다.

부주의한 말 한 마디가 평생의 적을 만든다

자신의 우월감을 나타내고자, 혹은 주위 사람들을 웃기고 싶은 마음에, 남의 약점이나 단점을 들춰내는 젊은이들이 왕왕 있다. 그러나 이런 일만큼은 절대로 해서는 안 된다. 그러한 유혹에 넘어가서도 안 된다.

그런 짓을 하면 확실히 그 당시에는 주위 사람들을 웃길 수 있을지 모르지만, 그 일로 너는 평생의 적을 만들게 되는 것이다. 또한 그때 함께 웃었던 친구들조차 나중에 그 일을 생각해보고는 꺼림칙해할 것임에 틀림없다. 결국 그들도 너를 멀리하게 될 테지.

그뿐만이 아니다. 무엇보다도 그런 행동 자체가 품위를 잃는 일이다. 마음씨 고운 사람이라면 남의 약점이나 불행을 감추어주면 주었지 그것을 남들에게 공개적으로 들춰내지는 않는다. 만일 너에게 기지가 있다면, 그 기지를 다른 사람의 마음에 상처를 주기 위해서가 아니라 다른 사람을 즐겁게 하는 데 쓰도록 해라.

자신의 가치관이
편협한 것일 수도 있음을 유념하라

네가 보낸 8일자 소인이 찍힌 편지를 받아보았다. 네가 로마 가톨릭 교회에 대해 꾸며낸 어리석은 이야기를 듣고, 또 그것을 맹신하고 있는 신도들을 보고 놀랐던 심정은 이해가 된다. 하지만 비록 잘못된 믿음이라도 본인들 자신이 진심으로 그렇게 믿고 있는 이상 결코 비웃거나 탓해서는 안 된다.

사물에 대한 분별력이 흐려져서 바르게 보지 못하는 사람은 불쌍한 사람들이다. 그러나 그들이 비웃음거리가 될 만한 일이나 책망받을 만한 일을 해서 그렇게 된 것은 아니다. 따라서 상냥한 마음으로, 가능하다면 서로 진지한 대화를 통해 올바른 길로 인도해주려는 마음가짐을 갖고 대하는 것이 우선 필요하다. 결코 그들을 비웃거나 책망해서는 안 된다.

사람은 저마다 자신의 판단에 따라 행동하는 법이다. 또 그렇게 하는 것이 바람직하다. 그런데 무엇에 대해서든 자신과 의견이 완전히 똑같아야 한다는 생각은 상대의 체격이나 키가 자기와 똑같아야 한다는 생각과 마찬가지로 오만한 일이다. 사람은 저마다 자기가 옳다고 믿으며 살아가고 있다. 그런데 정말로 누가 옳은지를 알고 있는 이는 하느님밖에 없다.

그렇기 때문에 상대방의 생각이 자기의 뜻과 다르다고 해서 무시하는 것은 우스운 일이다. 자기와 믿음이 다르다고 해서 이교도 취급을 하며 박해하는 것 또한 우스꽝스런 일이다. 사람은 자신이 생각하는 것밖에 생각할 수 없으며, 믿는 것밖에 믿을 수 없는 동물이다. 비난받아야 할 사람은 일부러 거짓말을 하거나 이야기를 날조한 사람이지 그것을 믿는 사람이 아니란다.

떳떳하게 살아가겠다는 마음가짐을 가져라

거짓말만큼 야비하고 어리석은 것은 세상에 없다. 거짓은 적대심이나 비겁함, 허영심 때문에 비롯된다. 따라서 어떤 경우에도 목적을 달성하는 일은 드물다. 아무리 교묘하게 숨겼다고 해도 거짓말은 언젠가 탄로나고 만다.

예를 들어 누군가의 행운이나 인덕을 시샘하여 거짓말을 했다고 하자. 분명히 얼마 동안은 상대에게 상처를 입힐 수 있을지 모른다.

하지만 결국 가장 괴로움을 받는 사람은 자기 자신이다. 왜냐하면 거짓말이 들통났을 때 가장 큰 상처를 입는 것은 바로 자기 자신이기 때문이다. 더욱이 그런 일이 있은 후에, 그 상대에 대하여 호의적이지 않은 말이라도 하게 되면, 상대는 제아무리 그 말이 사실이라도 험담이라 생각할 것이다.

그렇다면 이보다 더 큰 손해가 또 어디 있을까? 그리고 자기의 명예가 손상되고 창피를 당할까 두려워 거짓말이나 변명을 한다는 것은 매우 어리석은 행동이다. 왜냐하면 머지않아 자기의 거짓말과 그 원인이었던 불안으로 말미암아 오히려 명예를 더럽히는 창피를 당하게 될 것이기 때문이다.

그 사람은 자기가 인간 중에서 가장 저급하고 야비하다는 것을 스스로 증명한 것이나 다를 바 없다. 주위 사람들이 그런 눈총을 보내도 어쩔 수 없다.

만약 불행하게도 어떤 잘못을 저질렀을 때에는 거짓말을 해서 그것을 모면하려 하기보다는 솔직하게 시인해버리는 편이 더 떳떳하다. 그렇게 하는 편이 속죄하는 방법이며, 상대방에게 용서를 구하는 유일한 방법이다.

잘못이나 무례함을 숨기려고 변명을 한다거나 얼버무린다거나 속인다거나 하는 행위는 좋은 방법이 아니다. 뿐만 아니라 그 사람이 무엇을 두려워하고 있는지도 주위에 자연스레 알려지게 된다. 그렇기 때문에 그런 저질스런 행동을 해도 성공하는 일은 드물며 또 성공하지 못하는 것이 당연하다.

너도 양심이나 명예에 상처를 받지 않고 멋지게 살고 싶거든, 남에게 거짓말을 하거나 속이지 말고 떳떳하게 살아라.

이 말을 생명이 다할 때까지 머릿속에 새겨두어라. 그렇게 사는 것이야말로 사람의 의무이며 자기의 이익이 되는 것이니.

이미 너도 깨달았겠지만, 어리석은 인간일수록 거짓말을 곧잘 하는 법이다. 나도 그 사람이 어느 정도로 거짓말을 하는가로 그의 인격 수양과 지능을 측정하고 있단다.

사회 진출의 기초를
닦고 있는 너에게

　오늘은 인간과 인간의 성격·태도에 관해서, 즉 사회에 대하여 말해보고자 한다. 이러한 것들은 아무리 나이가 들어도 생각해볼 만한 가치가 있단다. 특히 네 나이에는 좀처럼 얻을 수 없는 지식이 아니겠니.

　나는 이러한 인생의 지혜를 젊은이들에게 가르쳐주는 사람들이 많지 않다는 것을 예전부터 안타깝게 생각하고 있었다. 모두들 자기의 역할이 아니라고 생각해서일까?

　학교 선생님들도 마찬가지다. 교과서나 자기의 전문 지식을 가르칠 뿐, 그 외의 것은 별로 중요하게 여기지 않고 가르치지도 않더구나. 아니, 어쩌면 가르칠 수 없는 것인지도 모른다.

　그것은 부모도 마찬가지다. 바쁜 생활에 얽매여 있어서 그런지,

무관심해서 그런지, 어쨌든 가르치려고 하지 않는다.

그중에는 자식이 사회에 내던져진 채 직접 부딪쳐보는 것이야말로 가장 좋은 공부라고 생각하는 부모들도 있다. 이것은 어떤 의미에서는 옳다. 분명 세상일은 이론만으로는 모른다. 실제로 세상에 몸을 던져보지 않고서는 알 수 없다. 하지만 사회라는 미로에 발을 내딛기 전에, 거기에 들어가본 경험 있는 사람들이 길잡이가 되어주는 것도 바람직하다고 나는 생각한다.

정당하게 평가받는 사람과 그렇지 못한 사람의 차이

그럼 본론으로 들어가 보자. 아무리 훌륭한 사람이라도 타인으로 하여금 존경의 마음을 갖게 하기 위해서는 어떤 종류의 위엄을 갖추어야 할까?

소란을 피운다거나 시시덕거린다, 큰 소리로 바보스럽게 웃거나 농담하기를 좋아하고 우스꽝스러운 짓을 한다든지 또는 무턱대고 붙임성이 좋다……. 이런 행동은 위엄 있는 태도가 아니다. 이런 태도를 취해서는 아무리 풍부한 지식을 갖춘 사람이라도 존경받는 일이 드물다. 오히려 사람들로부터 업신여김을 당하기 십상이다.

쾌활한 것도 좋지만, 쾌활한 사람 치고 존경받은 사람은 지금까지 없었다고 말해도 좋다. 게다가 무턱대고 친한 척하는 것도 손윗사람을 화나게 만들 뿐이며, 설령 그렇지 않더라도 주위 사람들로부터 '아첨꾼'이라든지, '꼭두각시'라는 험담을 듣는다. 신분이나 지위가 낮은 사람에게 붙임성 있게 행동하면 상대방은 분수도 모르고 대등하게 교제하고 싶어할 것이고 이 부당한 요구에 몹시 곤란해질 것이다.

농담도 마찬가지다. 실없이 농담만 해대는 사람은 어릿광대와 조금도 다를 바가 없다. 사람들을 감복시키는 기지와는 거리가 멀기 때문이다.

결국 자기 본래의 성격이나 태도와는 거리가 먼 점들이 상대의 마음에 호감을 주어 동료로 받아들여진다. 그러나 상대방에게 인기를 끌려고만 하는 사람은 결코 존경을 받지 못하는 법, 적당히 이용만 당할 뿐이다.

우리는 흔히 이런 말들을 한다. 저 사람은 노래를 잘하니까 우리 모임에 끼워주자, 춤을 잘 추니까 무도회에 초대하자, 항상 농담을 잘해 주위 사람들을 즐겁게 해주니까 식사에 초대하자, 혹은 저 사람은 부르지 말자, 무슨 놀이에든 쉽게 열중해버리니끼, 곧잘 술에 취하니까 등등……. 이런 말을 듣는다는 것은 칭찬을 받는 것도, 호감을 사는 것도 아니다. 오히려 비난을 받는 것이다. 즉, 의도적으로 바보 취급을 당하고 있는 셈이다.

한 가지 이유만으로 조직의 일원으로 인정받은 사람은 그 특기를 제외시키고 나면 존재 가치가 없다. 그들이 다른 면으로 눈을 돌려 옳게 평가하는 일도 없기 때문에 아무리 장점이 있어도 그들에게 존경받지 못한다.

항상 침착한 태도와 생활 방식을 가져라

그렇다면 어떠한 것이 위엄 있는 태도일까? 위엄 있는 태도란 거만한 태도와는 다르다. 아니, 그보다는 서로 반대되는 것이라고 말하는 편이 좋겠다. 거만하게 뽐내는 것은 용기가 아니며, 농담이 기지가 아닌 것과 똑같다.

사실 오만한 태도만큼 사람의 품위를 떨어뜨리는 것은 없다. 거만한 인간의 자만심은 분노를 낳기도 하지만, 그 이상으로 비웃음과 멸시도 낳는다. 이것은 어떤 물건에 터무니없이 비싼 값을 붙여서 팔려고 하는 장사꾼과 흡사하다. 우리도 그런 장사꾼에게는 사정없이 싼값으로 흥정을 하지만 정당한 값을 부르는 장사꾼에게는 무리하게 흥정을 하지 않는다.

위엄 있는 태도는 무턱대고 아부하거나 팔방미인처럼 행동하는 것이 아니다. 자기 의견은 겸손하면서도 명백하게 말하고 다른 사람의 말을 진지하게 듣는 것이 바로 위엄 있는 태도이다.

위엄은 스스로 부여할 수도 있다. 표정이나 동작에 진지한 분위기를 감돌게 하면 위엄 있어 보인다. 물론 여기에다 생동감이 넘치는 기지나 밝고 고상한 표정을 덧붙여도 좋다. 그런 것들은 존경심과 위엄을 느끼게 하는 법이다. 이와 반대로 히죽히죽 웃는 태도나 침착성이 없는 태도는 상대방에게 경솔한 느낌을 줄 수가 있다.

　스스로 위엄을 부여한다고는 하지만, 항상 맞기만 하는 인간이 아무리 몸부림을 친들 용기 있는 인간으로는 보이지 않는 것과 마찬가지로, 악습에 몸이 젖어버린 인간은 결코 위엄 있어 보이지 않는 법이다. 하지만 그러한 사람이라도 예의 바르고 당당하게 행동하면 향상의 기미가 보일 수는 있으리라.

　말하고 싶은 것은 많지만 다른 것들은 키케로로마의 정치가이며 웅변가의 『입문서Offices』나 『예의범절 편람The Decorum』 등을 보고 잘 공부해두기 바란다. 가능하면 암기하겠다는 마음가짐을 갖는 편이 좋다. 이 책들에는 사람이 위엄을 몸에 갖추기 위해서는 어떻게 하면 좋은가에 대해 자세히 기록되어 있다.

아들아

소중한 인생을
이렇게 살아라

Chapter 03

성공적인 삶을 위한 마음가짐

오늘의 1분을 비웃는 사람은
내일의 1초에 운다

돈이나 재물을 지혜롭게 사용할 줄 아는 사람은 그리 많지 않다. 그런데 시간을 지혜롭게 쓸 줄 아는 사람은 그보다 더 적다. 시간을 지혜롭게 쓰는 것이 돈이나 재물을 지혜롭게 사용하는 것보다 중요하다는 것은 말할 필요도 없겠지.

나는 네가 이 두 가지를 지혜롭게 사용할 줄 아는 사람이 되었으면 한다. 너도 이제 차츰 그런 것을 생각해야 할 나이잖니. 젊었을 때에는 시간이 충분하고, 아무리 낭비해도 없어지지 않는다고 생각하기 쉽다. 그러나 그것은 소중한 재산을 탕진해버리는 것과 같아서, 깨달았을 때에는 이미 늦어 어떻게 할 수 없는 상태가 되어버리는 경우가 많지.

지금은 고인이 된, 윌리엄 3세나 앤 여왕, 조지 1세 시대에 걸쳐 그 이름을 떨쳤던 라운즈 재무 장관은 생전에 이렇게 말했었다.

"1펜스를 업신여겨서는 안 된다. 1펜스를 비웃는 자는 1펜스 때문에 울게 된다."

이 말은 진실이었다. 그는 스스로 이것을 실천하였고 그 결과 두 손자에게 막대한 유산을 남겨줄 수 있었지.

이것은 시간에도 그대로 적용될 수 있지 않을까? 1분을 비웃는 자는 1분, 아니 1초에 우는 법이다. 그러니 10분이나 20분이라도 시간을 헛되이 쓰지 않도록 해라. 10분, 20분을 소홀히 보내버리면 하루에 몇 시간을 낭비하게 된단다. 그것이 1년간 쌓이면 그것은 상당한 시간이 되지. 네 인생이 바뀔 수 있는 시간이 되는 것이다.

시간을 낭비하지 않고 활용하는 방법

예를 들어 12시에 약속이 있다고 하자. 너는 오전 11시에 집을 나서서 그 전에 두세 명의 집을 찾아볼 예정이다. 그런네 그들 중 누군가가 집에 없었다. 그때 너는 어떻게 하겠니? 커피숍에 들어가서 시간을 때우겠니?

나 같으면, 우선 집으로 돌아가 편지를 쓸 것이다. 그렇게 하면 약속 장소에 갈 때, 그 편지를 우체통에 넣을 수가 있으니까. 만약 편지를 다 쓰고 나서도 아직 시간 여유가 있을 경우에는 책이라도 읽을 수 있으니 집으로 가는 것이다.

그러나 이 경우에는 시간이 짧기 때문에 데카르트프랑스의 철학자나 말르브랑슈프랑스의 수학자이며 철학자나 로크영국의 철학자나 뉴턴의 저서와 같이 쉽게 이해하기 어려운 책은 적합하지 않다. 호라티우스로마의 시인, 브왈로프랑스의 시인이며 비평가, 와라의 저서 같은 짧고 재미있는 책을 읽는 것이 좋다. 이처럼 시간을 효율적으로 사용하면 모든 것이 절약된다. 적어도 시간을 따분하게 보내는 일은 없을 것이다.

세상에는 쓸데없이 시간을 허비하며 요령없이 보내는 사람이 많다. 안락의자에 앉아 하품을 하면서, "어떤 일을 시작하기에는 시간이 좀 모자라서……"라고 말한다. 그러나 이런 사람은 실제로 시간이 남아돌아도 어떤 일을 시작하지 않는다. 결국 아무것도 하지 않은 채 시간만 보낸다. 게으른 성격이라고 말할 수밖에 없겠지. 이런 사람은 공부를 하거나 일을 하더라도 성공하지 못할 것이다.

한가롭게 세월을 보내는 것은 네 나이 때에는 아직 허용되지 않는다. 내 나이가 되어서야 비로소 허용되는 것이지. 말하자면 너는 이제 막 사회에 얼굴을 내밀었을 뿐이다. 그러므로 적극적인 행동과 성실함 그리고 끈기가 있어야 하는 게 당연하다.

앞으로 몇 년간이 네 일생에 얼마나 소중한 의미를 가질 것인가 생각해보렴. 그러면 단 한순간도 시간을 소홀히 할 수 없을 테니.

그렇다고 하루 종일 책상에만 붙어 있으라는 것은 아니다. 그렇게 권하고 싶은 생각도 없고, 그렇게 해주었으면 하고 바란 적도 없단다. 다만 어떤 것이든 좋으니 무엇인가를 해라. 바로 그것이 중요하다. 20분이니까, 30분이니까 하며 시간을 우습게 생각하고 아무것도 하지 않고 있으면 1년 후에는 네 인생에 엄청난 손실이 된다.

예를 들어 하루 중에도 공부하는 시간과 노는 시간이 따로 있잖니. 그럴 때에는 우두커니 하품이나 하고 앉아 있어서는 안 된다. 무슨 책이든 좋으니 가까이 있는 책을 손에 들고 읽도록 해라. 비록 콩트집 같은 가벼운 책이라도 읽지 않는 것보다는 훨씬 나으니까.

사소한 시간을 최대한 활용하는 습관을 가져라

내가 아는 사람 가운데 시간을 사용하는 방법이 아주 지혜로워서 아무리 사소한 시간이라도 헛되이 보내지 않는 이가 있다. 조금 지저분하고 따분한 이야기가 되어서 미안하지만, 이 사람은 화장실에 들어가 있는 짧은 시간까지도 유용하게 활용했단다. 고대 로마 시인의 작품을 조금씩 읽어나가 마침내 독파해버린 것이지. 예를 들이 호라디우스를 읽고 싶다고 하자. 이 사람은 오라비우스의 시집을 화장실에 갈 때마다 두 페이지씩 찢어 가지고 가서 읽는다. 다 읽은 종이는 여신 크로아카Croaka에게 예물로 바친다. 다시 말해 내버리고 오는 것이지. 그리고 이것을 되풀이하는 거야.

확실히 상당한 시간 절약 방법이라고 생각지 않니? 너도 한 번 시험해보면 어떨까? 달리 하는 일도 없이 무료하게 시간을 보내는 것보다는 훨씬 좋은 방법이 아닐까? 게다가 이렇게 하면 읽어야 할 책의 내용이 언제나 머릿속에 남아 있어서 대단히 효과적일 테니.

물론 어떤 책이든 다 좋다는 것은 아니다. 계속해서 읽지 않으면 이해하기 어려운 과학에 관한 책이라든지 까다로운 내용의 책은 적당하지 않다. 몇 페이지 찢어서 읽어도 충분히 의미가 통하고, 또한 유익한 책을 골라서 읽으면 좋을 것이다.

얼마 안 되는 짧은 시간이라도 이처럼 효과적으로 사용하면, 나중에 상당한 일을 했다는 것을 깨닫게 된단다. 짧은 시간이라고 해서 아무것도 하지 않고 쓸데없이 보내면 나중에 되찾으려고 해도 불가능하잖니. 그러므로 순간순간을 의미 있게 사용해주었으면 한다. 그냥 아무것도 하지 않고 있는 것보다는 의미 있으면서도 즐거웠다고 생각되는 시간 활용법을 생각해내면 좋다.

이것은 공부에만 국한된 얘기는 아니다. 놀이도 때에 따라서는 필요하며, 또한 중요하다는 것을 전에도 얘기했듯이, 인간은 놀이를 통해서 성장하고 제 몫을 하는 인간으로 발전한다. 잘난 체하거나 꾸미는 태도를 벗어던졌을 때의 인간의 참모습을 가르쳐주는 것도 놀이다. 따라서 놀 때에도 빈둥거려서는 안 된다. 놀 때는 노는 데 온 정신을 집중해주기 바란다.

순서에 따라 일을 추진해라

비즈니스에는 마술과 같은 능력이나 특수한 재능은 필요하지 않다. 일의 체계, 이를테면 순서와 근면함과 분별력만 있다면, 재능만 있고 질서가 없는 사람보다 훨씬 훌륭하게 일을 잘 처리할 수 있다.

너도 사회인의 한 사람으로서 첫걸음을 내딛은 이상, 지금부터라도 체계를 세워 일을 진행하는 습관을 길러라. 일의 순서를 정하고 그것에 따라 일을 진행하는 것이야말로 일을 능률적으로 처리하는 요령이다. 모든 일―글을 쓴다든가, 책을 읽는다든가, 시간을 배분하는 일 등―에 순서를 정해야 한다. 그렇게 하면 시간을 얼마만큼 절약했는지, 일을 얼마만큼 잘 진행했는지를 알게 될 것이다.

한번쯤 말버러영국의 군인 공작을 상기해보아라. 그분은 단 1초도 허비하지 않아, 똑같은 시간에 다른 사람들의 몇 배나 되는 일을 처리해냈다. 로버트 월폴영국의 정치가 전 총리는 다른 사람의 열 배나 되는 일을 하면서도 단 한 번도 허둥대는 모습을 보인 일이 없었다. 일을 하는 순서가 미리 정해져 있었기 때문이지. 반면, 뉴캐슬영국의 장군, 왕당파의 사령관으로서 전쟁에 패배하자 유럽으로 망명 공작의 허둥대는 모습이나 혼란스러운 모습은 어떤 일 때문만은 아니다. 바로 일의 질서와 순서가 잘못되어 있었기 때문이다.

제아무리 유능한 인물이라도 순서를 정하지 않고 일을 하면 머릿속이 혼란해서 마침내 손을 들고 만다.

내가 보기에 너는 조금 게으른 편이다. 지금부터는 게으르지 않도록 분발해주기 바란다. 자신을 타일러서 2주일 정도의 시간을 투자하여, 일을 하는 방법과 순서를 정해보기 바란다. 그렇게 하면 미리

정해놓은 순서대로 일을 추진하는 것이 얼마나 편리하고 어느 만큼 좋은 결과를 가져오는가를 알게 되어, 두 번 다시 그 순서를 따르지 않고는 그 어떤 일도 해나갈 수 없다는 것을 깨닫게 될 테니.

놀면서
자기 자신을 발전시키는 지혜

나는, 놀이와 오락을 대부분의 젊은이들이 한번쯤 부딪치게 되는 암초와 같은 것이라고 생각한다. 돛을 한껏 부풀리고 즐거움을 찾아 출범한 것까지는 좋았지만, 문득 정신을 차려보니 방향을 확인할 나침반은커녕 키를 잡는 데 필요한 지식도 없다. 이래서는 목적지인 침다운 즐거움에 도달할 리가 없다. 불명예스러운 상처를 입고 비틀대며 간신히 항구로 되돌아오는 것이 고작일 거야.

물론 나는 금욕주의자처럼 즐거움을 피하는 사람도 아니고, 목회자처럼 쾌락에 빠져서는 안 된다고 설교하는 사람도 아니다. 오히려 쾌락주의자에 가까워서 여러 가지 놀이를 마음껏 즐기라고 권하고 싶다. 정말이다. 마음껏 놀기 바란다. 나는 다만 네가 잘못된 항로로 나아가지 않도록 인도하려는 것뿐이다.

너는 어떠한 일에서 즐거움을 찾고 있니? 혹시 마음이 맞는 친구와 적당한 돈을 걸고 카드놀이를 하고 있니? 유쾌하고 품위 있는 사람들과 즐겁게 식사를 하고 있니? 함께 있음으로써 배울 것이 많은 사람과 가까이 교제하려고 노력하고 있니?

나를 친구라고 생각하고 무엇이든 스스럼없이 말해주기 바란다. 나는 너의 즐거움을 일일이 따질 생각은 털끝만큼도 없다. 오히려 인생의 길잡이로서 건전하게 노는 법을 가르쳐주고 싶을 뿐이다.

무절제한 놀이에는 함정이 있다

젊은 사람들은 자칫 잘못하면 자신의 기호와는 상관없이 외형적인 즐거움을 선택하기 쉽다. 극단적인 경우는 무절제야말로 놀이의 본질이라고 착각하는 사람조차 있으니까.

혹시 너도 그렇지 않니? 예를 든다면 술은 확실히 마음과 몸에 나쁜 영향을 끼치기는 하지만, 멋진 놀이라고 생각하지는 않니? 도박도 때로는 무일푼이 되거나 싸움을 하는 경우도 있지만, 재미있는 놀이의 한 가지라고 생각하니? 또 여자 꽁무니를 따라다니는 일 자체도 최악의 경우 매독에 걸려 코가 이지러지든가 건강을 해치든가 할 정도지, 신세를 망칠 정도는 아닐 거라고 생각하는 것은 아니니?

너도 알고 있겠지만 내가 지금 앞에서 예로 든 것들은 모두가 가치 없는 놀이뿐이다. 그런데 그 가치 없는 놀이가 많은 젊은이들의 마음을 유혹하고 있다. 그들은 잘 생각해보지도 않고 남들이 오락이라고 부르는 것을 그냥 받아들이기 때문이다.

네 나이 때에는 어떤 놀이에 열중하는 것은 당연하다. 또 놀고 있는 모습이 잘 어울리는 것도 확실하다. 하지만 너는 아직 젊기 때문에 대상을 잘못 선택하거나 잘못된 방향으로 빠져들 염려가 있다.

요즘 '놀기 좋아하는 한량처럼 보인다'는 말이 젊은이들에게 큰 인기인 것 같더구나. 그러나 과연 그들은 자신의 종착역이 어딘지 알면서도 악에 물들고 무절제한 생활을 되풀이할까?

옛날 이야기지만 확실한 본보기가 있다. 어떤 젊은이가 몰리에르 _{프랑스의 희극작가} 원작의 번역극인 『타락한 방탕자 Le Festin de Pierre』를 보러 갔단다. 주인공의 방탕한 행각에 매료된 이 젊은이는 자기도 '타락한 방탕자'가 되기로 결심을 했지.

친구들 몇 사람이 '타락한'은 그만두고 '방탕자'만으로 만족하는 것이 좋지 않겠느냐고 설득해보았지만 아무런 소용이 없었다. 그는 의기양양하게 말했다고 한다.

"싫어, '방탕자'만으로는 싫어. '타락한'이 붙어 있지 않으면 완벽하지 못하단 말이야."

정말 어처구니가 없지만, 이것이 사실 많은 젊은이들의 현실이다. 겉멋에만 사로잡혀서 스스로를 생각할 여유도 없이 닥치는 대로 뛰어드는 것이지. 그리하여 최후에는 정말로 타락해버리고 마는 것이다.

놀이에도 나름대로의 목적의식을 가져라

별로 이야기하고 싶지 않은 일이지만, 너에게 참고가 될지도 모르기 때문에 부끄러움을 무릅쓰고 나의 체험담을 들려주고자 한다.

나 역시 예외는 아니어서, 내 기호와는 상관없이 '놀기 좋아하는 한량'으로 보이는 것에서 가치를 발견하고자 했던 어리석은 사람 중 하나였다. 그렇다. 어리석기 그지없었던 나는 본래 좋아하지도 않는 술을 '놀기 좋아하는 한량'처럼 보이기 위하여 진탕 마셨었지. 마시고 나면 기분이 나빠지고 이튿날 숙취에 괴로워하면서도 또다시 마시는 악순환을 끊임없이 반복했단다.

도박도 마찬가지였다. 돈에는 그다지 제약을 받지 않았기 때문에 돈이 필요해서 도박을 한 적은 한 번도 없었다. 그저 음주와 마찬가지로 도박을 신사의 필수조건이라고 생각했을 뿐. 그래서 분별없이 뛰어들었으나, 별로 마음에 내키지 않았지. 하지만 혐오감을 느끼면서도 인생에서 가장 충실해야 할 30년간을 도박에 끌려다니면서 지냈다. 그 덕분에 인생의 진정한 즐거움을 경험하지 못했지.

철없던 시절의 실수였다 하더라도 내가 동경하는 인간상에 접근하기 위하여 겉치장만을 하려고 했으니, 참으로 어리석은 일이라 새삼스레 부끄러워지는구나.

아무튼 나는 이러한 어리석은 행위들을 모조리 중단해버렸다. 떳떳하지 못함을 느꼈던 것이다. 그리고 무서운 생각마저 들었었지.

젊은이들이 흔히 빠져들 수 있는 일종의 유행병에 걸려 형식적인 놀이에 빠져든 나는 그 대가로 삶의 진정한 즐거움을 잃어버렸다. 재산도 많이 줄고 건강도 해쳤다. 하지만 이 모두가 하늘이 내린 벌이라고 생각하고 겸허히 뉘우치고 있단다.

나의 이 어리석은 체험담에서 너는 무엇을 배웠느냐? 나는 진심으로 네가 네 자신의 즐거움을 스스로 선택하기를 바라고 있다. 무작정 놀이에 빠져들어서는 안 된다. 다른 사람들이 모두 그렇게 한다고 해서 너도 그렇게 할 필요는 없다.

나는 어디까지나 나라고 생각해야 한다. 먼저 지금 네가 즐기고 있는 놀이가 어떤 것들인지 생각해보렴. 그리고 그 놀이들을 그냥 그대로 계속하면 어떻게 될 것인가, 하나하나 다시 검토해보기 바란다. 이제 그 놀이를 계속할 것인지 중단할 것인지는 너의 현명한 판단에 맡기마.

사물을 판단하는 분별력을 길러라

만약 지금 내가 네 나이에서 다시 한 번 인생을 살 수 있다면 어떤 일을 할까? 우선 즐거워 보이는 일을 하는 것이 아니라, 정말로 즐거운 일만을 하겠다. 그중에는 친구와 식사를 하거나 와인을 마시거나 하는 일도 물론 포함된다. 하지만 과식이나 과음으로 괴로움을 당하지 않을 정도로 최대한 절제를 해야겠지.

스무 살이라면 다른 사람을 의식하면서 살아갈 필요는 없다. 일부러 자기의 방식을 강요하거나 상대를 비난해서 빈축을 살 필요도 없다. 남은 남이므로 자기 마음대로 하라고 내버려두면 된다. 그러나 자신의 건강에 대해서만큼은 철저하게 컨트롤하렴. 자신의 건강에 관심이 없는 사람은 어쩔 수가 없겠지만.

도박도 하겠다. 고통 받기 위해서가 아니라 즐기기 위해서. 몇 푼 안 되는 돈을 걸고 여러 부류의 친구들과 즐기는 거야. 그렇게 함으로써 환경에 잘 적응하는 것도 중요한 일이다. 단지 내기에 거는 돈만큼은 신중해야겠지. 이기든 지든 생활에 지장이 없을 정도로, 생활비를 약간 절약할 정도로 끝나는 범위 안에서 해야 할 거야. 물론 도박판에서 이성을 잃고 싸움질을 하는 따위는 절대 금물이다. 항간에는 흔히 있는 일이기도 하지만…….

독서에도 시간을 할애하자. 분별 있는 교양인과의 대화에도 시간을 남겨두자. 될 수 있으면 나보다 훌륭한 사람이 좋으리라.

사교계의 사람들과도 남녀를 가리지 않고 자주 어울려보렴. 대화의 내용은 그다지 유익하지 않은 경우도 있겠지만 함께 있으면 순수한 기분이 될 수 있고 힘도 솟는단다. 게다가 사람에 대한 태도 등 보고 배울 점도 많을 테고.

내가 네 나이가 되어 다시 한 번 인생을 시작할 수만 있다면, 나는 지금 앞에서 얘기한 것과 같이 '즐기고' 싶다. 모두가 다 분별 있는 것뿐이라고 생각하지 않니? 그리고 이러한 것들이야말로 진정한 놀이라고 할 수 있지 않을까? 진정한 즐거움을 알고 있는 사람은 유혹에 빠져 자신을 망치는 일이 결코 없다. 어리석은 사람만이 유흥을 진정한 즐거움이라고 믿는 것이지.

양식 있는 사람 중에 술에 취하여 걸음도 제대로 못 걷는 사람과 친구가 되고 싶어 하는 사람이 있을까? 감당하지도 못할 큰돈을 내기에 걸고는, 지고 나면 머리털을 쥐어뜯으면서 상대편에게 입에 담아서는 안 되는 욕설을 퍼붓는 사람을 상대하고 싶어 하는 사람이 있을까? 방탕한 생활 끝에 성병에 걸려 코가 반쯤 떨어져나가고, 다리를 질질 끌고 다니는 사람과 친하게 지내고 싶어 하는 사람이 있을까?

있을 리가 없다. 방탕한 채 정신을 잃고 그것을 자랑하는 따위의 사람들을 양식 있는 사람들이 받아들일 리 없으니 말이다. 혹시 받아들인다 해도 마지못해서일 뿐, 기꺼이는 아닐 것이다.

진정한 놀이를 알고 있는 사람은 자신의 품위를 잃지 않는다. 적어도 방탕을 본보기로 삼거나, 나쁜 짓을 따라하지는 않을 것이다. 만일 불행히도 부도덕한 행위를 하지 않으면 안 될 경우에도 대상을 고르고 또 골라서, 남이 모르게 그 일을 자연스럽게 할 것이다. 일부러 방탕한 일을 뽐내보이지는 않을 것이다.

일의 기쁨을 터득해야
진정한 발전이 가능하다

노는 것은 매우 좋은 일이다. 자기에게 맞는 놀이를 찾아내어 마음껏 즐겨라. 하지만 다른 사람의 흉내를 내서는 안 된다. 가슴에 손을 얹고 물어보아라. 무엇이 참으로 즐거운가를 물어보고 즐겁다고 생각되는 것을 하면 된다.

흔히 아무 일에나 손을 대는 사람이 있는데, 그런 사람은 아무런 기쁨도 느낄 수 없다. 진지하게 일에 몰두하여 그것에서 기쁨을 느끼는 사람만이 놀이에서도 기쁨을 느낄 수 있는 것이다.

그런 의미에서 볼 때 고대 아테네의 장군이자 정치가인 알키비아데스는 합격점에 이르렀다고 생각한다. 그는 분명 뻔뻔스러운 온갖 방탕한 짓을 많이 했지만, 철학이나 일에는 충분히 자신의 시간을 할애하였단다.

카이사르도 일과 놀이에 고른 관심을 둠으로써 상승 효과까지 가져온 사람이었다. 실제로 로마에 사는 수많은 여성들과 불의의 간통 상대자였다고 소문이 자자했던 카이사르였지만, 학자로서는 훌륭하게 지위를 쌓았고, 웅변가로서도 일류였다. 또한 로마에서 가장 실력 있는 지도자라고까지 평가받지 않았나?

놀기만 하는 삶은 옳지 않을 뿐만 아니라 아무런 재미도 없다. 날마다 열심히 일을 하였기 때문에 마음도 몸도 놀이를 진지하게 즐길 수 있는 것이다.

살찐 대식가나 창백한 얼굴의 주정뱅이나 혈색 나쁜 호색가는, 자신의 일을 진심으로 즐기고 있지 못하는 것이다. 이런 사람은 거짓 신에게 자기의 정신과 육체를 바치고 있는 것이나 다름없다.

정신 수준이 낮은 생활을 하고 있는 사람은 쾌락만을 추구하고, 품위가 없는 놀이에 몸을 망치는 일이 많다. 한편 정신 수준이 높은 생활을 하고 있는 사람들, 즉 좋은 친구들(도덕적이라고는 말하지 않겠다)에게 둘러싸인 사람들은 보다 자연스런 놀이, 다시 말해 세련되고 위험이 적은, 그리고 최소한의 품위를 잃지 않는 놀이를 즐기고 있는 것이다.

양식 있는 훌륭한 사람은 놀이 자체가 목적이 되어서는 안 된다는 것과, 놀이를 목적으로 삼지 않는 법을 잘 알고 있다. 놀이라는 것은 단지 편안히 쉬는 일이며, 위로이며, 보상에 불과하다는 것을.

일과 휴식을 통해서 현명함을 배워라

일과 놀이에 대해서는 명확하게 시간을 구분해두는 것이 좋다. 공부, 일, 지식인이나 명사와 함께 앉아 차분하게 나눠야 하는 대화 등은 아침나절이 가장 좋다.

그렇지만 일단 저녁 식사를 위한 식탁에 앉게 되면 그 후는 편안한 휴식 시간이다. 특별히 긴급한 일이 없는 한 네가 좋아하는 것을 하며 즐겨도 괜찮다.

예를 들면 마음이 맞는 동료들과 카드놀이를 하는 것도 좋다. 절도 있는 사람들과 함께라면 화목하고 즐거운 게임을 즐길 수 있을 것이다. 설령 잘못되어도 싸움으로까지 번지는 일은 없겠지.

연극 관람이나 음악회도 좋다. 춤, 식사, 유쾌한 친구와의 대화도 좋다. 틀림없이 만족스러운 저녁을 보낼 수 있을 것이다. 혹은 매력적인 여성들에게 깊은 한숨과 뜨거운 시선을 보내는 것도 좋다. 다만 상대가 너의 품위를 떨어뜨리거나 너를 불행에 빠뜨릴 사람이 아니기를 바랄 뿐이다. 상대가 너에게 호감을 보이는가 그렇지 않는가는 너의 수완 여부에 달려 있으니 기대를 걸어보라고 말하고 싶구나.

지금 말한 것들은 사실 분별 있는 사람, 진정한 놀이가 무엇인지 알고 있는 사람들이 즐기는 방법이다. 이처럼 아침에는 책에서, 저녁에는 놀이를 통해서 시간을 구분하는 연습을 해라. 놀이도 선택만 잘 한다면, 너는 훌륭한 사회인으로서 인정받을 수 있을 것이다.

또한 오전 내내 정신을 집중해서 차분하게 공부를 계속한다면 1년 후에는 너도 상당한 지식을 축적할 수 있을 것이다. 한편 저녁에 친구와 어울리는 것도 너에게 또다른 지식, 즉 세상에 대한 지식을 넓히는 길이 된다. 아침에는 책에서 배우고, 저녁에는 사람에게서 배우도록 해라. 이것을 실천하자면 더이상 빈둥거리며 보낼 시간은 없을 것이다.

나도 젊었을 때는 참으로 놀이를 좋아했고 여러 분야의 사람들과도 자주 어울렸다. 아마도 나처럼 그러한 일에 시간과 노력을 아끼지 않은 사람은 없었을 것이다.

물론 때로는 너무 지나친 경우도 있었지만 어떡하든 공부하는 시간만은 만들었다. 도저히 그럴 시간을 낼 수 없을 때는 잠자는 시간을 줄였다. 전날 아무리 늦게 잤더라도 새벽에 일찍 일어나 그 시간을 보충했다. 몸이 아팠을 때를 제외하고는 40년이 흐른 지금까지도 이 일을 계속하고 있다.

이제 너도 내가 놀이 따위는 절대로 안 된다고 말하는 완고한 아버지가 아니라는 것을 알게 되었으리라 믿는다. 나는 너에게 나와 똑같은 생각을 가지라고는 말하지 않겠다. 그런 의미에서 본다면 아버지라기보다는 네 친구로서 하는 충고란다.

육체적인 건강과
정신적인 건강은 병행되어야 한다

　근래에 와서 너에게서나 하트 씨로부터 편지를 받지 못했는데 이 것은 아마 이곳과 네가 있는 곳 간의 교통이 원활치 못한 탓이 아닌 가 생각된다. 또한 그 사이의 거리는 우편물이 왕래하기에 여러 날 이 소요될 만큼 먼 곳이기도 하고.

　그런데 나는 너한테서 소식이 없으면 묘하게도 늘 네가 잘 있는 것으로 단정해왔다. 뿐만 아니라 너한테 여러 번 말했듯이 나는 네 가 잘 있느냐보다는 네가 잘하고 있는지에 대하여 더 염려하고 있 었기에 네가 편지를 하지 않으면 무언가 더 중요한 일을 하고 있으 려니 추정을 한다.

　네가 절제된 생활을 계속하는 한 건강은 계속 유지할 것이며, 또 너만 한 연령에는 한편으로는 절도 있는 생활, 또 한편으로는 약을 써서 자연의 섭리를 거스르지 않는다면 자연의 섭리가 충분히 신체를 보살펴주리라고 믿는다.

정신건강을 위한 정신적 운동

그러나 정신건강은 이와 판연히 다르다. 특히 지금 네 나이에는 극히 조심해야 하고 끊임없는 주의를 요하며 때로는 청량제가 필요한 경우도 있을 것이다. 1분 1초라도 잘 사용하느냐, 잘못 사용하느냐에 따라 영원히 이로울 수도 있고 영원한 해악이 될 수도 있다.

정신을 건강하고 활기 넘치는 상태로 만들기 위해서는 많은 양의 정신적 운동이 소요된다. 마음의 밭을 잘 갈고 일구는 자와 그렇지 못한 자의 차이를 들여다보면, 아무리 심한 고통도 지나침이 없으며 정신을 계발하는 데 아무리 많은 시간을 바쳐도 지나침이 없다는 사실을 나는 확신한다. 짐마차꾼도 밀턴이나 존 로크, 혹은 뉴턴과 똑같이 훌륭한 육체적 장기를 가지고 태어나겠지만, 숙련에 의해서 마차꾼이 말 위에 존재하는 것과 마찬가지로, 그들은 수양과 교양에 의하여 짐마차꾼 위에 존재하는 것이다.

중요한 시기의 교제는 평생을 좌우한다

때로는 실로 비범한 천재가 교육의 도움이 없는 탓으로 세상 밖으로 축출되는 경우가 있지만 이런 경우는 너무나 희귀한 사례이다. 다만 그 사람들이 교육의 혜택만 더 받을 수 있었더라면 훨씬 더 훌륭한 인물이 되었을 것이다. 만일 셰익스피어가 자신의 재능을 더 갈고 닦았더라면 우리가 그토록 찬탄하는 흥미진진한 대목이 지나친 혹평가나 그런 작품이 흔히 수반하기 쉬운 넌센스에 의하여 모독을 당하지는 않았을 것이다.

일반적으로 사람은 15세에서 25세에 이르는 기간 중에 교육과 교우交友에 의해서 전체 인격이 형성된다. 그러므로 너는 앞으로의 8, 9년이 얼마나 중요한 것인가를 깊이 아로새겨 심사숙고하기 바란다. 네 전체의 생애가 거기 달려 있기 때문이다.

훌륭한 연설이 주목받지 못하는 이유

너에 관한 희망과 우려를 동시에 말해주겠다. 나는 네가 훌륭한 학자가 되리라고 믿는다. 그러나 세상 사람이 사소한 것이라고 부르지만 실제로는 엄연한 물질적 존재를 너마저 무시해버리는 경우가 있다고 생각한다.

공손한 태도, 매력 있는 말솜씨, 마음을 움직이는 행동 등은 세상을 사는 데 참되고 견실한 이점으로, 세상을 올바로 볼 줄 모르는 사람을 제외하고는 아무도 그런 덕목을 하찮게 여기지 않는다.

나는 네가 말을 너무 빨리 하고 분명치 않게 표현한다는 말을 들어왔다. 그런 것은 지극히 우아하지 못하고 남에게 거슬리는 행동이라고 내가 수천 번이나 주의를 준 사실을 알고 있을 것이다. 주의를 기울여서 그런 행동을 교정하기 바란다.

분명하게 말하는 것은 남에게 호감을 주고 문제해결에 크게 도움이 된다. 아주 훌륭한 연설도 귀에 거슬리는 약점 때문에 세인의 이목을 끌지 못했으며 아주 평범한 연설도 그 반대의 이유로 박수갈채를 받는 사례를 흔히 보아왔기에 하는 말이다.

한 가지 일에
정열을 쏟아라

얼마 전 하트 씨로부터 네가 모든 일을 잘해나가고 있다는 내용의 편지를 받았다. 내가 얼마나 기쁘게 여기고 있는지 알겠지? 하지만 만약 당사자인 네가 나의 절반만큼도 만족감이나 기쁨을 느끼지 못한다면, 나는 어찌할 바를 모를 것이다. 왜냐하면 사람은 어떤 만족감이나 자부심이 있어야만 비로소 스스로 공부에 열중할 수가 있다고 믿기 때문이다.

하트 씨의 편지에 의하면 너는 열심히 공부하고 있다는구나. 공부하는 자세도 잡혀 있고, 이해력도 풍부하며 사물에 대한 응용력도 생겼다지? 여기까지 왔으면 지금부터는 공부가 한결 즐거워질 것이다. 그리고 그 즐거움은 노력하면 노력한 만큼 더 커질 것이다.

일을 할 때에는 집중력을 키워라

내가 너에게 귀가 따가울 정도로 당부했던 말이 있다. 무슨 일을 할 때는 그것이 어떠한 일이든, 오직 그 일에만 집중하는 것이 중요하다. 그 외의 일을 생각해서는 안 된다.

이것은 단지 공부에 대해서만 하는 말이 아니다. 놀이도 공부와 마찬가지로 열심히 하기 바란다. 어느 쪽도 열심히 하지 않는 사람은 발전하지 못하며 또한 만족감도 얻지 못한다. 어떤 상황의 대상물에 마음을 집중할 수 없는 사람이나 집중하지 않는 사람, 그 외의 일을 머릿속에서 떨쳐버리지 못하는 사람이나 떨쳐버리지 않는 사람, 그런 사람은 일도 제대로 할 수 없고, 노는 것 역시 제대로 하지 못한다.

파티나 회식 자리에서 누군가가 머릿속으로 기하학 문제를 풀려 한다고 한번 상상해보아라. 그런 사람은 함께 있어도 즐겁지 않을 것이며, 또 사람들 가운데서 유별나게 초라해 보일 것이다. 혹은 서재에서 어떤 문제를 풀려고 열중하고 있는데, 미뉴에드 음악이 자꾸 떠올라서 견딜 수 없는 사람의 경우를 생각해보아라. 아마도 그 사람은 훌륭한 수학자가 될 수 없을 것이다.

어떤 일이든 한 번에 한 가지 일만을 집중해서 하면 하루 동안의 시간만으로도 여러 가지 일을 할 수 있다. 그러나 동시에 두 가지 일을 하려든다면 1년이 가도 시간은 모자라단다.

법률 고문이었던 고故 위트 경은 혼자 나랏일을 도맡아 그것을 잘 처리했을 뿐만 아니라, 저녁 모임에도 얼굴을 내밀었고, 여러 사람들과 함께 식사를 할 시간도 충분히 있었다고 한다. 그렇게 많은 일을 처리한 뒤에도 저녁마다 모임에 나갈 시간이 있었다니, 사람들은 그 점을 무척 궁금해했었지. 도대체 어떤 식으로 시간을 사용하고 있는가,라는 질문에 위트 경은 이렇게 대답했다는구나.

"별로 어려운 일이 아닙니다. 한 번에 한 가지 일만 할 뿐이죠. 그리고 오늘 할 수 있는 일은 절대로 내일까지 미루지 않습니다. 그것뿐입니다."

다른 일에 정신을 빼앗기지 않고 오직 한 가지 일을 확실히 할 수 있는 위트 경의 집중력은 실로 대단한 것이라고 생각한다. 이런 일을 할 수 있다는 것 자체가 천재라는 확실한 증거가 아닐까! 거꾸로 말하자면 침착하지 못하다거나 왠지 정신을 집중하지 못한다는 것은 그만큼 대수롭지 않은 인간이라는 증거가 아닐까 싶다.

날마다 오늘은 이만큼 일을 했다고 말할 수 있는가?

하루 종일 바쁘게 뛰어다녔는데 자기 전에 생각해보니 아무것도 한 일이 없었다고 말하는 사람들이 많이 있다. 이런 사람들은 두세 시간 동안 독서를 해도, 눈동자만 활자를 쫓아가고 있을 뿐, 머릿속에는 아무것도 들어오지 않는 경우가 많단다. 따라서 나중에 무엇을 읽었는지 아무리 생각해보아도 기억나는 것이 하나도 없고 내용을 논할 수도 없지.

누군가와 만나서 이야기를 나눌 때도 마찬가지여서 자기 스스로 적극적으로 대화에 참여하려고 하지 않는다. 이야기하는 상대에 주의를 기울이는 일도 없고, 대화의 내용을 정확히 파악하지도 못한다. 그들은 그 자리에서 자기 자신과는 아무런 관계가 없는 일, 그것도 쓸데없는 일을 머리에 떠올리고 있는 것이다. 아니, 전혀 아무것도 생각하고 있지 않다고 말하는 편이 더 정확할지 모른다. 그리고 그 상황을 "아니 지금 잠시 깜박했네……"라든가 "다른 일에 그만 정신을 빼앗겨서……"라는 말로 얼버무리며 체면을 세우려 한다. 이런 사람은 극장에 가도 정작 공연은 보지 않고 주위에 있는 사람들이나 조명에만 신경을 빼앗겨버린다.

너는 이런 일이 없도록 조심해라. 사람과 만나 이야기를 나눌 때도 공부할 때와 마찬가지로 정신을 집중하기 바란다. 공부할 때는 읽고 있는 책에 주의를 기울이고 그 내용을 잘 파악해야 하는 것처럼, 사람과 만나고 있을 때에는 보는 것, 듣는 것, 그 모든 것에 주의를 집중하는 것이 중요하다.

어리석은 사람들이 흔히 그러하듯, 자신의 눈앞에서 들은 말과 일어난 일에 주의를 기울이지 않고 있다가 "다른 일을 생각하느라고 알아듣지 못했습니다……" 따위로 말해서는 절대 안 된다. 왜 다른 일을 생각하고 있었는가? 그러려면 무엇 때문에 이 사람을 만났는가? 결국 그런 사람들은 '다른 일'도 생각하고 있지 않았던 것이다.

머리가 텅 비어 있었을 뿐이다. 이런 사람은 놀이에도 집중하지 못하고 일에도 집중하지 못한다. 정신이 산만해져서 일을 할 수 없으면 놀기라도 하면 좋을 텐데, 그것도 하지 않는다. 놀면서도 정신이 집중되지 않으면 일을 하면 좋겠지만 그것도 하지 않는다. 이런 사람은 노는 사람과 함께 있으면 자기도 놀고 있는 것으로 착각하고, 해야 할 일이 있으면 그것만으로 자기는 일을 하고 있다고 착각하는 것이다.

어차피 무슨 일이든 시작하려면 열심히 해야 한다. 어중간하게 시작하려면 하지 않는 편이 훨씬 낫다. 중요한 것은 자기가 하고 있는 일에 정신을 집중하는 일이다. 모든 일은 할 가치가 있든지 없든지 둘 중 하나다. 그 중간은 없다. 그러므로 일단 일을 '한다'고 결정하면 상대방이 누구이든 간에 눈과 귀를 똑바로 집중시켜야 한다. 상대방의 말을 단 한 마디도 놓치지 않고 들으며, 눈앞에서 일어나고 있는 일을 하나도 빠짐없이 정확하게 살핀다는 마음가짐이 중요하다.

어쨌든 호라티우스를 읽고 있을 때는 그 내용이 어떤가를 생각하면서 읽고, 문장의 멋드러진 표현이나 시의 아름다움을 충분히 만끽하도록 해라. 결코 다른 작품에 마음을 빼앗겨서는 안 된다. 그리고 그러한 책을 읽고 있을 때는 연인을 생각해도 안 된다. 또한 연인과 대화를 나누고 있을 때는 네가 읽고 있는 책을 생각하는 것은 금물이다.

또 하나의 인생 지혜,
금전 사용법

이제 너도 서서히 어른이 되어가고 있구나. 마침 좋은 기회이니 네가 쓸 돈의 씀씀이와 내가 앞으로 너에게 어떻게 돈을 보낼 계획인가를 설명해주겠다. 그렇게 하면 너도 계획을 세우기가 쉬워질 테니.

너는 공부에 필요한 비용이나 사람과 교제하는 데 필요한 돈은 단한 푼도 아끼려는 마음이 없다. 공부에 필요한 비용이란, 필요한 책을 사는 돈과 훌륭한 선생님에게 배우는 데 드는 돈을 말한다. 여기에는 여행지에서 훌륭한 사람들과 사귀기 위한 비용, 예를 들면 숙박비, 교통비, 의류비, 고용인비 등도 포함될 것이다.

사람들과 교제를 하는 데 필요한 돈이라 함은, 물론 '지적인' 교제에 필요하다는 뜻이다. 예를 들어 불쌍한 사람들을 위한 자선 비용

(이런 명목으로 사기 당해서는 안 된다)이 여기에 해당할 수 있을 것이다. 신세를 진 분들에 대한 답례나 앞으로 신세를 지게 될 분에게 선물을 하는 데 드는 비용도 그렇다. 교제하는 상대에 따라서 필요하게 되는 비용, 즉 관람비나 놀이비 또는 사격 등의 게임에 드는 비용, 그 밖에 돌발적인 사태에 드는 비용 들도 있다.

그러나 내가 절대로 용납하지 않는 돈은 쓸데없는 싸움 때문에 필요하게 된 돈과 빈둥빈둥 시간을 보내기 위해 허비되는 돈이다. 현명한 사람은 자기의 명예를 손상시키는 돈이나 자기에게 도움이 되지 않는 돈은 결코 쓰지 않는다. 그러한 돈을 쓰는 사람은 어리석은 자들뿐이다.

지혜로운 사람은 시간과 마찬가지로 돈도 헛되게 쓰지 않는다. 단돈 10원도, 단 1분의 시간도 헛되게 쓰지 않는다. 자신이나 다른 사람을 위해 도움이 되는 것, 지적인 기쁨을 얻을 수 있는 것에 돈을 쓸 뿐이다.

그런데 어리석은 사람은 필요하지 않은 곳에 돈을 쓰면서 정작 필요할 때는 돈을 쓰지 않는다. 예를 들면 가게 앞에 진열되어 있는 잡동사니가 그렇다. 어리석은 자는 장식용 담뱃갑이나 시계, 지팡이 손잡이 같은 시시한 물건들의 마력에 사로잡혀 결국 파멸의 길을 걷는다. 그것은 가게 주인도 점원도 잘 알고 있어서 서로 짜고 어리석은 자를 속이려고 덤벼든다. 정신을 차렸을 때엔 이미 자기 주위는 온통 잡동사니투성이로, 정말로 필요한 것, 마음의 평안을 주는 것은 아무것도 없는 상태가 되어 있단다.

일찍부터 현명한 금전 철학을 익혀두어라

돈이 얼마나 있느냐에 상관없이 나름대로의 확고한 금전 철학이 있어야 한다. 그리고 세심하게 주의를 기울여서 사용하지 않으면 아무리 돈이 많아도 최소한의 생필품조차 살 수 없게 되어버리는 법이다. 반대로 비록 아주 적은 액수밖에 없어도 자기 나름의 금전 철학을 가지고 주의해서 사용하면 최소한의 것은 충족된다.

물건을 살 때에는 필요하지도 않은데 값이 싸다는 이유만으로 사는 일이 없도록 해라. 그런 짓은 절약도 아무것도 아니다. 오히려 낭비다. 이와는 반대로 필요하지도 않은데 값이 비싸다는 이유만으로, 즉 자존심을 만족시키기 위하여 물건을 사는 것도 좋지 않다.

그리고 자기가 산 물건과 지불한 대금은 반드시 기록해두는 습관을 길러라. 돈의 출납을 파악하고 있으면 결코 파산하는 일은 없단다. 그렇다고 해서, 교통비라든가 오페라를 보러 가서 사용한 10원이나 100원까지 기록할 필요는 없다. 시간 낭비일 뿐이니 그런 것은 따분한 수전노에게나 맡겨두어라.

이것은 단지 가계家計에만 국한된 것이 아니라 모든 일에 대해서 적용할 수 있는 말이다. 가치가 있는 것에 관심을 갖는 것이 중요하다. 쓸데없는 것까지 관심을 가질 필요는 없다.

정말로 중요한 것은 모두 손이 닿는 곳에 있다

일반적으로 현명한 사람은 사물을 실물 크기로 파악하는 눈이 있다. 그런데 어리석은 사람은 그것이 불가능하다.

어리석은 사람의 눈에는 마치 현미경으로 들여다보고 있는 것처럼 무엇이든 크게 보인다. 그래서 벼룩이 코끼리로 보인다. 작은 것이 크게 보이는 것뿐이라면 괜찮지만, 최악의 경우 큰 것이 더 확대되어 아예 보이지 않게 되어버리니 문제다.

얼마 안 되는 돈을 가지고 인색하게 굴어, 그로 인해 싸움까지 하는 사람 따위가 가장 심한 경우이다. 그 사람은 자신의 알량한 성격 덕분에 남들로부터 수전노라고 불린다는 것을 깨닫지 못한다. 이런 사람은 자기 자신에 대해서도 부당한 일을 서슴없이 행한다. 수입 이상의 생활을 바라는 나머지, 충분히 자기 손이 미치는 범위 안에 있는 '중요한 것'을 보지 못하는 것이다.

약간 오해의 소지도 있지만, 무슨 일에나 '분수에 맞게'라는 말이 있다. 건전하고 견고한 정신을 가진 사람은 어디까지가 손이 미치는 범위이고 어디서부터가 손이 닿지 못하는 범위인지 알고 있다. 그런데 그 경계선은 몹시 애매해서, 분별 있는 사람이 마음을 다잡고 살펴보면 발견할 수 있지만, 단단하지 못한 사람의 눈에는 웬만해선 보이지 않는 법이다.

너도 너의 능력이 미치는 범위와 미치지 않는 범위를 알 만한 분별력은 있다고 생각한다. 이 경계선에 항상 유의하렴. 그리고 그 위를 능숙하게 걷기 바란다. 진짜 줄타기를 능숙하게 하는 사람은 있어도 경계선이라는 이름의 줄타기를 능숙하게 할 수 있는 사람은 드물단다. 그런 만큼 능숙하게 하는 사람은 크게 돋보이겠지.

아들아

소중한 인생을 이렇게 살아라

Chapter 04
성공을 위한 다섯 가지 법칙

책을 읽는 습관에서 비롯되는 인생의 지혜

세상은 한 권의 책과 같다. 지금 내가 너에게 권하고 싶은 것은 바로 이 세상이라는 책이다. 그 책에서 얻을 수 있는 지식은 지금까지 출판된 책 전부를 합친 지식보다 훨씬 더 많은 도움을 준다. 그러므로 훌륭한 사람들의 모임이 있을 때에는 아무리 훌륭한 책이라도 덮어두고 그 모임에 나가는 것이 좋다. 그렇게 하는 편이 몇 배나 더 큰 공부가 된단다.

하지만 갖가지 일과 오락 등으로 떠들썩한 환경 속에서 살아가고 있는 우리들이라도, 하루의 생활에서 잠깐 숨을 돌리는 자유로운 시간이 조금씩은 있는 법이다. 그리고 그러한 시간에 책을 읽는 일이야말로 더할 수 없이 큰 안식과 기쁨이라고 할 수 있다. 그 잠깐 동안의 시간을 살려서(틀림없이 얼마 안 되는 짧은 시간일 것이고, 또 그렇지 않으면 곤란하지만) 충실하게 책을 읽으려면 어떻게 해야 할까?

우선 내용이 시시하고 따분한 책에 시간을 할애하는 일은 삼가거라. 그러한 책은 주위를 둘러보고도 쓸 것을 발견하지 못한 저자가 자신과 똑같이 태만하고 무식한 독자를 겨냥해서 쓰는 경우가 많아 아무런 쓸모가 없으니 아예 손을 대지 않는 것이 현명하다.

하루 30분씩 독서하는 방법

책을 읽을 때에는 정신을 하나로 집중시켜 그 목적을 달성할 때까지는 다른 분야의 책에는 손대지 말아야 한다. 너의 장래를 생각한다면, 예를 들어 현대사 중에서도 특히 중요하고 관심을 끄는 시대를 몇 개 뽑아내어 그것을 순서대로 정리해가는 방법은 어떨까?

먼저 베스트팔렌 조약에 초점을 맞추었다고 하자(현대사의 시작으로는 참으로 올바른 선택이라고 말해두고 싶구나). 그렇게 했다면 그것과 관련된 책 이외에는 일절 손을 대지 말고 믿을 수 있는 역사서나 문서, 회고록, 문헌 등을 순차적으로 읽고 비교하는 것이 좋다.

이런 독서법을 연구하기 위해 몇 시간이고 소비하라고 말하는 것은 아니다. 좀더 다른 방법으로 자유로운 시간을 효과적으로 사용할 수 있으면 그것 또한 좋다. 다만 같은 방법으로 독서를 한다면 한꺼번에 몇 가지 테마를 추구하기보다는 한 가지로 단순화시켜서 체계적으로 공부하는 편이 능률적이라는 말이지.

여러 가지 책을 읽다보면 내용이 상반되거나 모순되는 경우도 있을 것이다. 그럴 때는 다른 책을 참고해보면 좋다. 그것은 문제의 핵심을 벗어나는 행위가 아니다. 왜냐하면 그렇게 함으로써 오히려 기억이 선명해지기 때문이지.

예를 들어 어떤 것에 관한 책을 읽어도 전혀 머릿속에 들어오지 않을 때가 있을 것이다. 그렇지만 같은 책이라도 정치가들 사이에서 화제가 되거나 논쟁의 대상이 될 때, 그 책이나 그와 관련된 책을 읽거나 다른 사람들에게서 이야기를 듣거나 하면, 책만으로는 파악하지 못했던 일들이 입체적으로 머릿속에 속속 들어오는 경우가 있다. 그렇게 해서 얻은 지식은 의외로 완벽한 법이다. 그리고 좀처럼 잊어버리지 않을 것이다. 사건이 일어난 현장으로 찾아가서 직접 이야기를 듣고 오는 것도 그런 의미에서는 바람직한 일이다.

네가 사회인이 된 후의 독서법에 대해서는 다음 몇 가지 항목으로 요약해서 말해주겠다.

1. 사회에 첫발을 내디딘 지금, 많은 책을 읽을 필요는 없다. 그보다는 여러 계층의 사람들과 이야기를 나눔으로써 정보를 수집하거라.
2. 너에게 직접적인 도움이 되지 않는 책은 더이상 읽지 말아라.
3. 한 가지 주제를 정해서 그와 관련된 책을 집중적으로 읽도록 해라.

이것들을 그대로 지킨다면 하루에 30분의 독서로도 충분하다.

눈과 귀와 발로
배운 지식이 참된 지식

이 편지가 너에게 전달될 쯤에는, 어쩌면 너는 베니스에서 로마로 갈 준비를 하고 있겠지. 로마까지는 아드리아 해를 따라 리미니, 로레토, 앙코나를 거쳐가면 좋다. 어느 고장이나 들러볼 가치가 있지만 오래 머무를 정도는 아니다. 가서 보기만 하면 충분할 거야.

그 일대에는 고대 로마의 유물이나 잘 일러진 건축물과 회화, 조각 등이 많이 있다. 어느 것도 놓치지 말고 눈여겨보고 오너라. 겉으로 보기만 하면 되니 그리 오랜 시간이 걸리지는 않을 것이다. 하지만 자세하게 보아야 할 것들은 다르단다. 좀더 긴 시간과 주의력이 필요하지.

요즘 젊은이들은 경박하고 주의가 산만한 데다 무슨 일에나 무관심해서, '보아도 보이지 않고, 들어도 들리지 않는다'는 경우가 많다고들 한다. 그저 표면적으로 보거나 건성으로만 듣는다면 차라리 보지도 듣지도 않는 편이 낫다.

그런 점에서 네가 보내준 여행기를 보니, 너는 여행지 곳곳에서 그 지방의 역사를 잘 관찰하고 있고, 여러 가지 의문을 가지고 있는 듯하더구나. 그것이야말로 여행의 참된 목적이라고 할 수 있겠다.

여행을 해도 목적지를 아무 생각 없이 돌아다닐 뿐, 다음 목적지까지 얼마나 떨어져 있나, 다음 숙소는 어디인가, 하는 따위에만 정신이 팔려 있는 사람은 여행에서 아무것도 얻지 못하고 여행을 떠나기 전과 다름없이 여전히 어리석은 상태로 돌아올 것이다. 가는 곳곳에서 교회의 첨탑이나 시계, 호화로운 저택을 보고서 탄성을 지를 뿐이라면 얻는 것은 하나도 없단다. 그 정도의 여행이라면 아무 데도 가지 말고 집에 있는 편이 더 낫다.

어디를 가든지 그 지역의 정세, 다른 지역과의 관계, 약점, 교역, 특산물, 정치 형태, 헌법 등을 제대로 관찰하는 사람들이 있다. 또한 그 지역의 훌륭한 사람들과 잘 교유하고, 그 지방 특유의 예의범절이나 인간성을 잘 파악하고 오는 사람들도 있다. 여행에서 득을 얻는 사람들은 바로 이런 사람들이다. 그리고 이런 사람들은 여행 기간 동안 더 현명해져서 돌아오게 마련이지.

여행을 할 때는 호기심 많은 사람이 되라

로마는 사람의 감정이 온갖 모양으로 생생하게 표현되어 그것이 훌륭하게 예술로 승화되어 있는 도시다. 그런 도시는 좀처럼 없다. 따라서 로마에 머무는 동안에는 교황청이나 바티칸 궁전이나 판테온을 구경하는 것만으로 만족해서는 안 된다.

1분 동안 관광을 할 예정이라면 열흘 동안 여러 가지 정보를 수집하기 바란다. 로마 제국의 본질, 교황 권력의 흥망성쇠, 궁정의 정책, 추기경의 책략, 교황 선출을 둘러싼 뒷이야기 등등 절대적인 권력을 뽐냈던 로마 제국의 내면에 관련된 것이라면 무엇이든 좋다. 무엇에든지 깊이 파고들어 가도록 해라.

어느 지역이든 그 지역의 역사와 현재 상황을 간단히 소개한 안내 책자가 있다. 그것을 먼저 읽거라. 부족한 부분도 있겠지만 지침은 될 것이다. 그것을 읽고 난 뒤 더 상세히 알고 싶은 것이 있으면, 그 지방 사람에게 물어보면 된다. 그렇다. 모르는 점은 그것에 정통한 사려 깊은 사람에게 물어보는 것이 가장 좋은 방법이다. 안내 책자에 아무리 자세히 기록되어 있다 하더라도 거기에서 완벽한 정보를 얻기란 쉽지 않단다.

영국에도 자국의 현황을 상세히 설명해놓은 책이 여러 권 나와 있다. 프랑스에도 마찬가지다. 그렇지만 어느 책이든 정보로서는 완전하지 못하다. 왜냐하면 자기 나라 현황에 그렇게 정통하지 못한 사람들이, 역시 정통하지 못한 사람이 쓴 책을 그대로 베껴 썼기 때문이다. 그렇다고 해서 그 책들이 전혀 읽을 가치가 없다는 것은 아니다. 읽을 만한 가치는 충분하다. 몰랐던 것을 알 수 있기 때문이지. 만일 그 책을 읽지 않았더라면 머릿속을 스치지도 않았을 그런 지식들 말이다. 혹시 의문 나는 대목이 있다면 단 한 시간이라도 좋으니, 그곳 사정에 밝은 사람이나 의원에게 물어보렴. 그러면 프랑스에 있는 모든 책을 다 읽어도 모를 프랑스 의회의 내부 사정을 조금은 파악할 수 있게 될 것이다.

만약 군대에 대한 지식이 필요하다면 장교에게 물어보면 좋다. 누구나 자기 직업에 애착을 가지고 있기에 자기 직업을 이야기하는 것을 싫어하지 않을 것이다. 더욱이 자기 직업에 관련해서 질문을 받으면 신이 나서 속속들이 알려주는 경우도 있다. 그러므로 어떤 모임에서 군인을 만난다면 여러 가지 궁금한 사항을 물어보면 좋을 것이다. 훈련법이나 야영 방법, 의복의 배급 방법이나 급료, 역할, 검열, 야영지 등등 알고 싶은 것은 무엇이든지 물어보거라.

마찬가지로 해군에 관한 정보도 수집하면 좋다. 지금까지 영국은 프랑스 해군과 항상 깊은 동맹 관계를 맺어왔고 앞으로도 그럴 것이다. 알아서 손해될 것은 없다. 영국으로 돌아왔을 때 몸에 익힌 해외 정보가 얼마나 너를 돋보이게 할지, 또 실제로 외국과 교섭하는 데 얼마만큼 도움이 될지 생각해봐라. 상상 이상일 것이다.

실제로 이 분야에 정통한 사람은 아직까지 거의 없다. 아직 미개척 분야라고 할 수 있다.

필요한 지식이라면
빨리, 제대로 습득하는 게 좋다

하트 씨의 편지에는 항상 너를 칭찬하는 말로 가득하더구나. 이번 편지에는 특히 반가운 내용이 적혀 있었다. 로마에 있는 동안 너는 기존의 이탈리아 사회에 융합되려고 줄곧 노력하였고, 영국 부인의 제의로 결성된 영국인 집단에는 가입하려고 하지 않았다지? 너의 이러한 분별 있는 행동은 내가 왜 너를 외국으로 보냈는지 그 취지를 잘 이해한 행동이다. 그래서 나는 매우 기쁘다.

세계 여러 나라 사람들과 사귀는 편이 한 나라 사람만 알고 그것에 만족하는 것보다 훨씬 낫다. 이 분별 있는 행동을 어느 나라에 가더라도 계속 유지하도록 해라. 특히 파리에는 다수의 영국인들이 무리 지어 살고 있는데, 이들은 프랑스 사람들과 대화하는 일도 없이 자기네들끼리만 생활하고 있다.

파리에 머물고 있는 영국 귀족들의 생활상은 대체로 비슷하다. 일단, 아침에는 늦게까지 이불 속에 있다가 일어나면 곧바로 아침 식사를 하는데, 반드시 친한 동료와 함께 한다. 이것으로 오전 중 두 시간은 헛되이 보내버리고 말지. 식사가 끝나면 사람이 넘칠 정도로 가득 탄 마차에 올라 궁정이나 노트르담 사원 등을 구경하러 간다. 그 다음에는 커피 하우스로 몰려가 그곳에서 저녁 식사를 겸한 즉석 술자리를 벌이지. 저녁식사 후에는 적당히 술이 오른 상태에서 총총히 줄지어 극장으로 향한다. 볼품없는 맵시의, 그러나 옷감만큼은 최고급인 양복을 입고 무대 맨 앞좌석에 진을 친다. 연극이 끝나면 일행 모두가 다시 술집으로 돌아온다. 그리고 이번에는 쏟아 붓듯이 술을 마시고는 자기네들끼리 언쟁을 벌이거나 거리로 나가 싸움질을 한다. 그리고 결국에는 경찰관에게 붙잡히는 것이다.

이런 생활을 되풀이하고 있으니 그들이 프랑스어를 제대로 배울 리 없고, 타고난 급한 성미는 더 격해질 뿐이며, 새로운 지식 또한 늘어날 리 없다. 그래도 이들은 외국 바람을 쐰 것을 자랑하고 싶은 마음만은 유난히 강하여, 제멋대로 프랑스 말을 지껄이며, 프랑스식으로 옷차림을 갖추지만 모두가 엉터리이고 꼴불견일 뿐이다. 이런 식이니 모처럼의 해외 생활도 물거품이 되어버리고 만다.

너는 이렇게 되지 않도록 프랑스에 있는 동안 프랑스 사람들과 사이좋게 교제하거라. 노신사는 너에게 좋은 본보기가 될 것이며, 네 나이 또래의 젊은 사람들과 함께 어울리는 법을 배우면 좋을 것이다.

이방인의 옷을 벗어던지면 그 지방의 참모습이 보인다

그렇다고는 해도, 기껏해야 1주일이나 열흘간, 마치 철새처럼 잠깐 머무는 것만으로는 즐기기는커녕 사람들과 친근하게 사귈 수 없을 것이다. 받아들이는 쪽도 그렇게 짧은 기간으로는 아는 사이가 되는 것을 주저할 것이다. 아는 사이가 되는 것조차 삼가려고 한대도 그를 비난할 수는 없다.

그러나 여러 달 머물게 되면 이야기는 달라진다. 그 지역 사람과 허물없이 사귈 시간이 있다면, 당연히 '이방인'이라는 감각은 없어진다. 이것이 여행의 진정한 즐거움 아닐까? 어디를 가든지 그 지역인들과 격의 없이 사귀고 그 사회에 융합되어 그들의 평소 참모습을 접해야 한다. 이것이 바로 그 지역의 관습을 알고 예절을 이해하고, 다른 시역에는 없는 고유의 특성을 아는 유일한 방법이 이닐까 싶구나. 이것은 단 30분간의 형식적인 공식 방문으로는 얻지 못하는 것이다.

세계 어디서나 사람의 성질은 똑같다. 그 성질을 어떻게 표현하는가의 차이가 있을 뿐이지. 그것은 지역에 따라 환경에 따라 서로 다른 모양을 취하므로 우리는 그 갖가지 모양과 하나하나씩 교제해야 한다.

예를 들어 '야심'이라는 감정이다. 이것은 누구든 가지고 있는 것이지만 그것을 만족시키는 수단은 교육이나 풍습에 따라 달라진다.

예의를 지키려는 마음도 기본적으로는 누구나 가지고 있는 감정이지만 그 마음을 어떻게 표현하느냐 하는 것은 지역마다 다르다. 영국 국왕에게 허리를 굽혀 절을 하는 것은 존경의 뜻이지만, 프랑스 국왕에게 허리를 굽혀 절을 하는 것은 결례다. 황제에게는 존경의 뜻으로 허리를 굽혀 절을 하는 것이 원칙이지만, 전제군주 앞에서는 반드시 엎드려야 하는 나라도 있다. 이처럼 예의범절은 지역에 따라, 시대에 따라, 사람에 따라 다른 것이다.

그러한 예의범절은 아마 우연한 일로 해서 즉흥적으로 생겨나 이어져온 것인 듯싶다. 아무리 뛰어나고 분별 있는 사람이라도 그 지역 특유의 예의범절을 배우지 않으면 표현할 수 없는 법이니, 그것을 할 수 있는 사람은 실제로 그 지역에 가서 눈으로 보고 몸으로 체험하여 알고 있는 사람뿐이다.

예의범절은 이성이나 분별로는 설명할 수 없고 우연히 생긴 것임을 부인할 수 없다. 그렇지만 그것이 거기에 엄연히 존재하고 있는 한, 그것에 따라야 한다. 이것은 왕이나 황제에 대한 예의에만 국한되는 것이 아니다. 모든 계급에 관습 같은 것이 있을 테니, 그 관습에 따르는 게 좋다.

건전한 사고방식은 남에게 예의 바르게 하라, 기분 좋은 생각을 갖게 하라고 명령한다. 그렇지만 때와 장소와 사람에 따라서 어떻게 예의를 다할 것인가는 실제로 눈으로 보고 몸으로 익히기 전에는 알 수 없다. 그러므로 그것을 배워오는 것이 올바른 여행 방법이라고 생각한다.

분별력은 최고의 재산이다

분별 있는 사람은 어디를 가든 그 지역의 풍습을 익혀 그것에 따르려고 노력한다. 전세계 어느 곳을 가든 그렇게 하는 것이 필요하다. 도덕적으로 용납할 수 없는 일이 아닌 이상 어떤 것에든 따르는 편이 좋다.

그때 가장 도움이 되는 것은 적응력이다. 적응력은 순간적으로 그 장소에 적합한 태도를 결정할 수 있는 능력이다. 진지한 사람에게는 진지한 얼굴로 대하고, 쾌활한 사람에게는 밝게 행동하고, 보잘것없는 사람에게는 그저 적당하게 상대를 한다. 이러한 능력들을 몸에 익히도록 힘껏 노력하기 바란다.

여러 지역을 방문하여 존경받는 사람들과 교제함으로써 너는 잠시 그 지역 사람이 되어볼 수 있을 것이다. 그렇게 되면 너는 이미 영국 사람도 아니고, 프랑스 사람도 아니고, 이탈리아 사람도 아닌, 소위 유럽 사람이 되는 것이다. 그리고 여러 지방의 좋은 풍습을 겸허하게 받아들여 파리에서는 프랑스 사람이, 로마에서는 이탈리아 사람이, 그리고 런던에서는 영국 사람이 되는 것이다.

그런데 너는 이탈리아어에 자신이 없어 골치를 앓고 있는 모양이더구나. 그렇지만 프랑스 귀족들을 보아라. 그들은 말을 할 때 자기 스스로는 깨닫지 못하고 있지만, 훌륭한 문장을 읊조리고 있지 않니. 그와 마찬가지로 너도 자신은 깨닫지 못하고 있겠지만, 이탈리아어를 능숙하게 이해하고 있는 것이다.

무엇보다 너만큼 프랑스어와 라틴어에 통달하고 있으면 이탈리아어의 절반은 알고 있는 것이나 마찬가지다. 사전 따위는 거의 찾을 필요를 느끼지 않을 것 아니냐? 다만 숙어나 관용구, 그리고 미묘한 표현 등은 실제로 그 사람들과 대화를 해보는 것이 가장 좋다. 상대편의 말에 귀를 기울여 듣고 있으면 그런 것은 곧 익힐 수 있단다.

그러므로 틀리든 말든 개의치 말고, 질문할 수 있을 만큼의 단어와 질문에 답할 수 있을 만큼의 단어를 익히면 주저하지 말고 계속해서 사람들에게 말을 걸어보아라. 프랑스어로 "안녕하세요?"라고 말을 거는 대신 갓 익힌 이탈리아어로 "안녕하세요"라고 하면 된다. 그러면 상대편은 이탈리아어로 무어라 대답해줄 것이다. 그것을 들어서 외우면 된다. 그것을 되풀이하다보면 어느새 자기가 이탈리아어를 잘하고 있다는 것을 깨닫게 될 것이다. 이탈리아어는 네가 생각하는 것만큼 어려운 언어가 아니란다.

너를 해외로 내보낸 것도 이런 것들을 몸에 익히기를 원했기 때문이다. 어디를 가든지 관광만으로 만족하지 말고, 그 지방 깊숙한 곳까지 잘 살펴보고 돌아오기 바란다. 현지 사람들과 친밀하게 사귀어 관습이나 예의범절을 배우고, 그곳의 언어도 배우기 바란다. 네가 이 정도의 것들을 할 수 있다면 나의 고생도 보답을 받는 셈이라고 할 수 있겠지.

필요한 지식이라면 빨리, 제대로 습득하는 게 좋다

네가 이 편지를 어디서 받게 될지는 모르겠으나 네 손에 잘 들어가기를 희망한다. 이 편지의 최종 도달지로 라우바흐를 택했으며 거기까지만 배달되면 네게 온 편지를 모두 받아볼 수 있게 조치해놓았으리라 생각한다.

지금쯤 도착해야 될 우편물이 아직 도착하지 않고 있구나. 하지만 네 건강에 대해서는 늘 안심하고 있으므로 내가 알고 싶은 것은 자연히 너의 이동 행선지이다. 나는 네가 제안한 스위스로의 고통스런 장기간의 여행을 적극 반대하는 입장이므로 인스프럭이나 베로나로 떠나길 바란다.

네가 어디에 가 있든 로마나 나폴리에 가기 전에 될 수 있는 한 이탈리아어를 많이 배워둘 것을 권하고 싶다. 조금만 배워두어도 노상에서 많은 도움이 될 수 있으며 2, 3개월 안에 쉽사리 익힐 수 있는 문법지식을 습득하면 어학진도가 빨라질 뿐만 아니라 그 언어가 실제로 통용되는 나폴리, 로마, 플로렌스 지역을 여행하다보면 완성도가 가속화될 것이다.

전처럼 책에 몰두할 수 있도록 너의 건강상태가 아직까지 회복되지 않았다면 하트 씨와의 유익하고 교육적인 대화를 통하여 많은 지식을 보충하는 게 좋겠다. 예를 들어 그분께 적어도 논리학의 개요, 윤리학의 일반적 개념과 수사학의 구두口頭 발췌를 대담형식으로 들려줄 것을 간청하면 된다. 머저리 학자들이 그 주제로 쓴 학문 서적을 일주일 읽는 것보다 그의 구술 대담을 반 시간 경청하는 것으로 더 풍부하고 명확한 지식을 얻을 수 있을 것이다.

나는 곧 오리라고 기대한 우편물을 그토록 오랫동안 기다리고 있으며 이 편지를 속히 발송하여야 하기 때문에 어쩔 수 없이 사연을 여기서 줄여야겠구나.

내 사랑하는 아들에게 신의 가호가 있어 곧 건강을 완전히 회복하게 되기를 기원한다.

그리고 하트 씨가 너를 돌봐주는 정성은, 네 생명 이상으로 보답해야 할 부분이다. 그분에게 정중하게 안부를 전하기 바란다.

타인의 생각을 참조하되, 자신의 판단 기준을 세워라

이 편지가 도착할 즈음이면 너는 라이프치히에 돌아와 있겠구나. 드레스덴에서 궁정 사회에 첫발을 내디뎠을 때 너는 어떤 인상을 받았느냐? 현명한 너이니만큼 축제 기분은 드레스덴에 떨쳐버리고, 라이프치히에서는 다시 공부에 열중하고 있으리라 믿는다.

만약 궁정이 네 마음에 늘었다면 공부해서 지식을 쌓아나가는 것이 사람들에게 인정받는 최고의 지름길이라는 점을 명심해두기 바란다. 지식도 없고 덕도 없는 궁정인이란 한마디로 꼴불견이다. 불쌍한 사람들이지. 그와는 반대로 지식과 덕이 있고, 기품과 겸손한 태도를 몸에 지닌 사람들은 참으로 훌륭하다. 너도 그러한 사람이 되는 것을 목표로 삼았으면 좋겠다.

궁정은 '거짓말과 위선의 집단이며 겉과 속이 전혀 다른 세계'라고 흔히들 말하지만, 과연 그럴까? 난 그렇게만 생각하지는 않는다. 목소리를 높여 말하고 싶지만, 애당초 '일반론'이라는 것이 옳았던 예는 드물었다. 확실히 궁정은 거짓말과 위선의 집단이며 겉과 속이 완전히 다를 수도 있다. 그러나 그것은 궁정에만 국한된 이야기는 아니다. 이 세상에 그렇지 않은 곳이 있다면 나도 알고 싶구나.

농부들이 모여 사는 농촌 역시 비슷하지 않을까? 다른 점이 있다면 행동이 다소 거칠다는 정도일 것이다. 서로 이웃해 있는 밭을 경작하는 농부는 어떻게 하면 이웃 사람보다 많은 농산물을 생산하여 팔 수 있을까, 하고 이 방법 저 방법을 궁리하여 실천에 옮기고 있을 것임에 틀림없다. 어쩌면 어떻게 해야 대지주의 마음에 들 수 있을까, 하고 필사적으로 작전을 세우고 있을지도 모른다. 그것은 궁정 사람들이 왕의 비위를 맞추려는 것과 조금도 다를 바가 없다.

시골 사람들은 순박하고 거짓과 허위가 없으며 궁정인들은 거짓투성이라고 시인들이 아무리 노래해봤자, 또 단순하고 어리석은 사람들이 아무리 그것을 믿는다 한들, 진실은 변하지 않는 법이다. 양을 치는 목자나 궁정인이나 똑같은 인간이다. 마음에 느끼는 것, 생각하는 것에는 다를 바가 없다. 다만 그 방식이 조금 다를 뿐이지.

일반론을 내세우는 사람은 조심해라

일반론을 주장하거나, 일반론을 믿거나, 일반론을 옳다고 인정하는 일에는 신중하기 바란다. 대체로 일반론을 주장하는 사람들 중에는 자만심이 강하며, 교활하고 빈틈없는 인간이 많다.

정말 현명한 사람은 그런 것을 내세울 필요가 없다. 간혹 교활한 사람이 일반론을 내세우는 것을 보면, 그런 것에 의지하지 않을 수 없을 정도로 빈곤한 지식이 불쌍하게 여겨질 뿐이다.

세상에는 국가나 직업에 대해서뿐만 아니라, 갖가지 일반론들이 활개를 치고 있다. 그것들 중에는 잘못된 것도 있고 올바른 것도 있다. 그러나 대체로 이야기하자면, 자신의 견해를 갖지 못한 사람이 '일반론'이라는 낡은 장식품을 몸에 걸치고 다른 사람의 눈을 끌려고 하는 것이다.

나는 그러한 사람이 남의 웃음을 이끌어내려고 일반론을 내세우면, 일부러 위엄 있는 얼굴을 하고서 "그렇습니까? 그래서요?" 하며, 당연히 할 말을 하고 있는 것이 아니냐, 하는 태도를 취한다. 그러면 자신감이 없고 농담 같은 일반론 말고는 아무런 근거를 갖추지 못한 상대는 말을 계속하지 못하고 우물쭈물한다.

결국 스스로 확고한 견해를 가진 사람은 일반론 따위에 의존하지 않더라도, 하고 싶은 말은 명확히 말할 수 있는 것이다. 시시한 일반론은 외면하고, 그런 것을 내세우지 않아도 충분히 즐겁고 유익한 화제를 제공할 수 있다. 결국 그런 사람은 상대방을 빈정거리거나 일반론을 증거로 내세우지 않고도, 또한 상대편을 따분하게 만드는 일 없이 기지에 찬 이야기를 할 수 있는 것이란다.

아들아

소중한 인생을
이렇게 살아라

Chapter 05
뚜렷한 주관

정확한 판단을 내릴 수 있는
뛰어난 두뇌를 길러라

너는 이제 사물을 차분히 생각할 수 있는 나이가 되었다. 같은 나이 또래 청년으로서 그것을 할 수 있는 사람은 아직 많지 않으리라 생각하지만, 너는 부디 사물에 대하여 깊이 생각하는 습관을 몸에 익히기 바란다.

하기야 나 역시도 그렇게 하기 시작한 것은 오래된 일은 아니란 다(너를 위해서라면 기꺼이 부끄러움을 무릅쓰고 고백한다). 16~17세까지 도 나는 내 방식대로 생각하지 못했다. 그 후 조금은 나아지게 되었 지만, 생각한 것을 무엇인가에 유용하게 적용시키지는 못했다. 읽 은 책의 내용을 이해하지도 못하면서 그대로 받아들였고, 교제한 사람들이 말하는 것은 그 옳고 그름을 판단하지 않고 냉큼 수용했 다. 시간과 노력을 기울여서 진실을 추구하기보다는, 설령 틀리더라도 편한 것이 좋다는 사고방식이었지. 생각하는 것을 귀찮게 여겼고, 놀기에도 바빴다. 그리고 상류사회의 독특한 사고방식에 대해서 다소 반항심을 갖고 있었다.

그러한 처지였기 때문에 분별 있는 생각을 갖기는커녕 정신을 차렸을 때는 나도 모르는 사이에 어떤 편견에 사로잡혀가고 있었다. 스스로는 깨닫지 못했지만, 진리를 추구하는 대신에 잘못된 사고방식을 기르고 있었던 것이다.

그러나 일단 스스로 세상을 보는 눈을 기르고 뜻을 세우고 그것을 실천해보니 놀랍게도 사물을 보는 시각이 달라지더구나. 주어진 사고방식으로 사물을 보거나, 실체가 없는 곳에 힘이 있다고 착각하고 있었던 그전과 비교할 때, 사물이 얼마나 질서정연하게 보였는지 모른다.

물론 나는 지금도 다른 사람의 사고방식에서 벗어나지 못하고 있는지도 모른다. 오랜 세월이 흐르는 동안에 다른 사람에게서 물려받은 사고방식이 그대로 내 자신의 사고방식이 된 것도 있을 테고. 실제로 젊었을 때 받은 가르침을 그대로 옳다고 생각해온 것과, 노년에 이르러 나 자신의 힘으로 길러낸 사고방식을 구별할 수 없는 경우도 있잖니.

독단과 편견에 사로잡히지 마라

나의 맨 처음 편견은(소년 시절 도깨비나 유령, 악몽 등에 관한 그릇된 사고방식은 제외한다) 고전에 대한 절대주의였다. 이러한 편견은 수많은 고전을 읽거나 선생님들에게서 수업을 받는 동안 자연스레 가지게 된 것이었는데, 나는 그것을 철저히 신봉하고 있었다.

나는 근래 1500년 동안, 이 세상에 양식이나 양심 같은 것은 털끝만큼도 존재하지 않는다고 믿고 있었다. 양식 있는 것, 양심 있는 것은 고대 그리스·로마 제국과 함께 멸망해버렸다고 생각했던 것이다. 호메로스고대 그리스 최고 최대의 서사시 『일리아스』, 『오디세이아』의 작가와 베르길리우스로마 최대의 서사시인는 고전이 된 작품을 쓴 사람이기 때문에 옳고, 밀턴영국의 시인과 타소16세기 이탈리아 최대의 서사시인는 현대인이기 때문에 볼 만한 작품이 없다고 믿었다.

그렇지만 지금은 다르다. 지금에 와서는 300년 전의 사람이나 현재의 사람이나 똑같다는 것을 잘 알고 있다. 어느 쪽이나 평범한 인간이며, 다만 그 존재방식이나 관습이 시대에 따라서 변할 뿐, 인간의 성격 따위는 예나 지금이나 변할 리가 없다. 동물이나 식물이 1500년 전 또는 300년 전과 비교해서 아무것도 진보하지 않은 것과 마찬가지로, 사람도 1500년 전이나 300년 전의 사람들이 더 똑똑하고 용감하며 현명하였다고 하는 것은 있을 수가 없는 일이잖니.

유식한 척하는 교양인은 자칫 고전을 신봉하고, 그렇지 않은 사람은 현대의 것들에 열광하는 팬인 경우가 많다. 하지만 지금 말한 것들을 종합해보면, 현대인에게도 고대인에게도 제각기 장점과 단점이 있으며, 따라서 좋은 일도 하고 나쁜 일도 한다는 말이 되지 않을까? 나는 뒤늦게나마 그렇게 납득했다.

나는 고전에 대한 독단적인 생각도 많이 했고, 종교에 대한 편견도 상당히 강했었다. 한때는 영국 국교를 믿지 않으면 이 세상에서 제일 정직한 사람이라도 구원받지 못할 것이라고 진심으로 믿고 있었을 정도였지.

사람의 사고나 견해는 그리 간단하게 바꿀 수 없다는 것, 내 의견과 다른 사람의 의견이 다를 수 있으며 그것을 용납해야 한다는 것, 의견이 다르더라도 서로 진지하면 그것으로 족하고 서로 관용을 주고받아야 한다는 것을 나는 그 당시에는 알지 못했었다.

나의 세 번째 독단적인 생각은 앞에서도 말했지만, 이를테면 사교계에서 남의 주목을 끌기 위해서는 '언뜻 보기에 놀기 잘하는 한량'처럼 보여야 한다는 말을 듣고는, 깊이 생각해보지도 않고 그대로 내 목표로 실정해버린 것이나. 아니, 그보나는 그것을 부인함으로써 그것을 목표로 삼고 있는 사람들로부터 비웃음을 받고 싶지 않다는 마음이 앞섰는지도 모른다.

그러나 지금은 그런 것이 두렵지 않다(이 나이로는 당연하지만). 본인들은 '놀기 잘하는 한량'이라고 으스대고 있지만 아무리 유식한 사람이라도, 그들이 치켜세우는 훌륭한 신사라도, '놀기 잘하는 한량'은 단지 하나의 오점에 지나지 않는다. 그들은 인정받고 싶어 하는 사람들로부터 오히려 낮은 평가를 받을 뿐이다. 게다가 자신의 결점을 감추기는커녕 없는 결점도 있는 것처럼 보이려는 사람까지 생겨난다. 이와 같이 편견이라는 것은 정말 무서운 것이라는 생각이 드는구나.

언뜻 그럴듯하게 보이는 것에 현혹되지 마라

그러나 네가 가장 명심해주기를 바라는 것은, 잘못되기는 했지만 그다지 어리석지 않은 사고방식이다. 그것들은 이해력도 뛰어나고 사고방식도 건전한 사람들이 이따금 진리를 추구하는 노력을 게을리하고, 집중력이 부족하고, 통찰력을 가지고 있지 못했기 때문에 그대로 방치되어온 것이다.

그러한 예는 많이 있지만 그중 하나로, 유사 이래 줄곧 믿어져온 '전제정치 아래서는 진정한 예술도 과학도 절대 성장하지 못한다'는 견해가 있다. 과연 자유가 제한되어 있는 곳에서는 재능도 봉쇄당하는 것일까? 이런 생각은 언뜻 그럴듯하게 보이지만, 나는 그렇게 생각하지 않는다.

농업과 같은 기술이라면 정치 형태에 따라서 소유자나 이익이 보장되지 않는 경우에는 확실히 진보하기 곤란할지도 모른다. 그러나 전제정치가 수학자나 천문학자, 또는 웅변가 등의 재능을 억제해버린다고 하는 견해는 과연 진리일까? 나는 그런 실례 따위는 들어본

적이 없다.

분명, 시인이나 변사는 자신들이 좋아하는 주제를 마음대로 표현할 수 있는 자유는 빼앗길지도 모른다. 하지만 정열을 쏟을 대상을 빼앗기는 것은 아니다. 만일 재능이 있다면, 그것까지 잘려버릴 염려는 없는 것이다.

어느 누구보다도 이 생각이 잘못이라는 것을 증명한 사람들은 프랑스 작가들이었다. 즉, 코르네유_{프랑스의 시인, 극작가}, 라신_{프랑스의 작가}, 몰리에르, 부알로_{프랑스의 시인이며 비평가}, 라 퐁텐_{프랑스의 시인} 등은 아우구스투스_{로마 제국의 초대 황제} 시대와 필적할 만하다고 생각되는 루이 14세의 압제 밑에서도 그 재능을 꽃피웠던 것이다.

아우구스투스 시대의 훌륭한 작가들이 마음껏 재능을 발휘할 수 있었던 것은 잔인하고 무능한 황제가 로마 시민의 자유를 억압하고 나섰기 때문이었음을 기억하기 바란다. 그리고 편지라는 것을 재평가하게 된 것도 자유로운 풍조 하에서가 아니었다. 절대적인 권력을 쥐고 있었던 교황 레오 10세, 또한 일찍이 볼 수 없었던 독재정치를 행한 프란시스 1세 시대에 장려되고 보호된 것이었다.

부디 오해하지 말기 바란다. 나는 결코 전제정치를 편드는 것이 아니다. 독재는 내가 가장 싫어하는 것이다. 압제는 인간의 기본적 권리를 침해하는 범죄적 행위라고 생각하니까.

진짜 자신의 생각이 무엇인가를 다시 한 번 생각하라

이야기가 좀 길어졌지만, 머리를 써서 사물을 올바로 인식하는 습관을 기르기 바란다. 먼저 현재의 네 사고방식을 하나하나 점검하고, 정말 자신이 그렇게 생각했는가, 다른 사람이 가르쳐준 대로 생각하고 있는 것은 아닌가, 편견이나 독단적인 생각은 없는가, 하고 생각하는 데서부터 시작하기 바란다.

편견이 없어지면 자신의 머리를 써서 여러 사람들의 의견을 듣고, 그것이 옳은가 그른가, 만약 옳지 않다면 어디가 틀렸는가 하는 것을 종합해서 자기 생각을 갖기 바란다.

좀더 일찍 판단했더라면 좋았을걸, 하고 후회하는 일이 없도록 조금이라도 빨리 시작하렴. 물론 인간의 판단력이 언제나 옳다는 것은 아니다. 틀릴 수도 있지. 그렇지만 이렇게 하는 것이 가장 적게 틀리는 방법임에는 변함이 없다. 그리고 그것을 보충해주는 것이 책이고, 또한 사람과 교제하는 것이다. 그러나 책이든 사람과의 교제든 너무 무턱대고 받아들여서는 안 된다. 그것들은 어디까지나 우리가 올바르게 판단하는 데 도움을 주는 보조물에 불과하니까.

번거롭고 귀찮은 일은 많지만, 그중에서도 특히 많은 사람들이 귀찮다고 여기는, '생각한다'고 하는 작업만큼은 부디 소홀히 하지 않기 바란다.

어떤 상황에서도
항상 올바른 판단력을 유지하라

어떤 장점이나 덕행에도 그와 비슷한 무게의 단점이나 부덕한 면이 있다. 자칫하면 생각지도 못한 잘못을 저지를 수 있다는 뜻이다. 따라서 관대함은 그 정도가 지나치면 응석받이를 만들고, 절약은 인색함이 되고, 용기는 만용이 되며, 지나친 신중함은 옹졸한 사람이 되게 한다.

그렇게 생각하면 결점이 없도록, 그리고 부도덕한 행위를 하지 않도록 조심하는 것 이상으로 장점이나 덕을 가졌다는 것에 주의가 필요한 게 아닌가 하는 생각이 든다.

부도덕한 행위 그 자체는 아름다운 것이 아니다. 그것은 무의식 중에 사람의 눈을 외면하게 만들어, 그 이상 깊숙이 관여하고자 하는 생각이 들지 않도록 한다(물론 교묘히 위장되어 있으면 이야기는 다르지만).

그런데 도덕적 행위는 그것 자체가 아름답다. 그러므로 처음 보았을 때부터 마음을 빼앗기고, 보면 볼수록, 알면 알수록 빠져들게 마련이다. 그리고 얼마 가지 않아서 자신도 도취돼버리는 것이다(아름다움에 대해서는 언제나 그렇지만).

올바른 판단이 필요한 것은 바로 그 순간이다. 도덕적 행위를 끝까지 도덕적 행위가 되게 하기 위해서, 그리고 장점을 계속 장점이 되게 하기 위해서는 도취되어 있는, 정신을 잃으려고 하는 자신을 계속 채찍질하며 버텨야 한다.

내가 이런 말을 꺼낸 것은 다름이 아니라, '지식이 풍부하다'는 장점이 빠지기 쉬운 함정에 대해서 이야기하고 싶었기 때문이다.

지식이 풍부하다는 것도, 올바른 판단력이 없으면 '건방지다'라든지 '유식한 체한다'고 하는 엉뚱한 험담을 듣게 될지 모른다. 너도 언젠가는 많은 지식을 얻게 될 것이다. 그때를 대비하여 보통 사람들이 빠지기 쉬운 함정에 빠지지 않도록 지금부터 주의해두는 것도 현명한 방법일 것이다.

지식은 풍부하게, 몸가짐은 겸허하게

학식이 풍부한 사람은 지식에 자신이 있는 나머지 다른 사람의 의견에 귀를 기울이지 않는 일이 많다. 그리고 일방적으로 자신의 판단을 강요하거나 멋대로 단정하거나 한다.

그렇게 되면 어떤 결과가 생길까? 그렇게 강요당한 사람들은 모욕당하고 자존심에 상처를 입었다고 생각하여 순순히 따르려고 하지 않는다. 화를 내며 반항할 것이다. 심한 경우에는 법적 수단까지 동원하는 사태가 일어날지도 모른다.

그러므로 사람은 지식의 양이 늘어나면 늘어날수록 겸손해야 한다. 겸허해야 한다. 자기 자신을 너무 내세우면 안 된다. 확신이 서는 문제에 대해서도 항상 겸손한 태도를 취해야 한다. 자기 의견을 말할 때도 딱 잘라서 말하지 않도록 해라. 남을 설득하고 싶으면 먼저 상대방의 의견에 차분히 귀를 기울인다. 그만한 겸허함이 없으면 안 된다.

만일 네가 학자인 체하는 꼴불견인 녀석이라는 말을 듣기 싫다면, 그렇다고 또 무식하다고 욕을 먹는 것도 싫다면, 가장 바람직한 방법은 지식을 자랑하지 않는 것이다. 그리고 주위 사람들에게 내용만을 전달하면 된다. 화려하게 꾸미거나 하지 말고, 오직 순수하게 내용만을 전달하거라. 주위 사람보다 조금이라도 잘난 것처럼 보이려 하거나, 고의적으로 학문적 소양이 있는 것처럼 보이려고 해도 안 된다.

지식은 회중시계처럼 은밀히 호주머니 속에 넣어두면 된다. 자랑하고 싶어서 쓸데없이 호주머니 속에서 꺼내보거나, 시간을 가르쳐주거나 할 필요가 없는 것이다. 시간을 묻는 사람이 있다면 그때만 대답해주면 된다. 지식은 시간의 파수꾼이 아닌 법, 누가 묻지도 않는데 시간을 알려줄 필요는 없잖겠니.

학문은 몸에 지니고 있지 않으면 곤란한, 쓸모 있는 장식품과 같은 것이다. 또한 몸에 지니고 있지 않으면 크게 창피를 당하게 된다. 그러나 지금 내가 말한 것과 같은 잘못을 저질러서 다른 사람들로부터 비난을 받지 않도록 항상 조심하거라.

현실성이 담긴 학문이
훌륭한 열매를 맺는다

오늘은 아주 녹초가 될 만큼 피곤했다. 아니, 혼났다고 하는 게 맞겠구나. 먼 친척뻘 되는, 학식이 풍부하고 참으로 훌륭한 신사가 나를 찾아와서 식사를 같이 하면서 저녁 한때를 보냈단다.

이렇게 이야기하면, 너는 "왜 피곤했어요? 오히려 즐거웠던 게 아닌가요?" 하고 말할지 모르시만, 그 사람이야말로 정말 구제불능이었다. 이 사람은 예의는커녕 말도 제대로 할 줄 모르는, 이른바 세상 물정을 모르는 '학자 바보'였다.

흔히 잡담을 '근거 없는 시시한 이야기'라고들 하지만, 이 사람의 이야기는 근거가 있는 이야기들뿐이었다. 나는 정말 진절머리가 났다. 무던한 잡담이라면 오히려 고마웠을 것이다.

아마도 그는 오랫동안 연구실에 틀어박혀서 여러 가지 문제에 관해 사고를 거듭한 끝에 자기주장을 확립한 것이리라. 그는 말끝마다 자기주장을 들고 나와, 내가 조금이라도 거기에서 벗어난 말을 하면 눈을 부릅뜨고 분개하는 것이었다. 분명히 그의 주장은 모두 그럴듯했다. 그런데 유감스럽게도 그의 학문에는 현실성이 결여되어 있었다.

그 이유를 알겠느냐? 그 사람은 책만 읽었다 뿐이지, 사람과 교제를 하지 않았기 때문이다. 따라서 학문에는 밝지만, 인간에 대해서는 전혀 무지했던 것이다.

자기 생각을 말로 표현할 때도 말하는 것이 아주 힘들어 보여 딱할 정도였다. 말이 입에서 좀처럼 나오지 않는 모양이었다. 대화를 하다보면 곧장 끊어지곤 했다. 게다가 그 말하는 폼은 어찌나 무뚝뚝하던지. 그 태도 또한 세련되지 않았단다.

나는 곰곰이 생각했지. 아무리 학식이 풍부하고 뛰어난 인물이라도, 이런 사람과 이야기할 바에는 조금은 세상을 알고 있는, 교양 없는 수다쟁이와 대화를 하는 편이 얼마나 더 나은가 하고…….

학식은 풍부하지만 현실성이 없는 사람은 곤란하다

현실성이 결여된 사람이 휘두르는 이론은, 세상은 그렇게 이론대로 돌아가지 않는다는 점을 아는 사람을 피곤하게 만든다. 예를 들어 '세상은 그런 것이 아니오'라고 말참견을 하더라도 그런 말참견을 시작하면 끝이 없고, 게다가 상대는 이쪽 말에는 귀도 기울이지 않을 것이다.

어쩌면 그것도 당연하긴 하다. 상대방은 옥스퍼드 대학이나 케임브리지 대학에서 평생 동안 연구에만 매달린 사람이니 말이다. 예컨대 인간의 두뇌에 관해서, 마음에 관해서, 이성, 의지, 감정, 감각, 감상에 관해서…… 등등, 보통 사람으로서는 생각지도 못하는 곳까지 세분화해서, 인간을 철저히 연구 분석하고 그렇게 해서 자기 학설을 확립한 것이다. 그러니 쉽게 물러설 리가 없지. 자기가 옳다고 믿는 것도 당연할 거야.

그것은 그것 나름대로 훌륭한 일이다. 다만 곤란한 점은, 그는 실제로 인간을 관찰한 일도 없고 교제한 일도 없었으므로, 세상에는 여러 부류의 인간이 있다는 것, 다양한 관습, 편견, 기호가 있다는 것, 또한 그것들을 모두 종합한 끝에 한 인간이 존재한다는 점을 전혀 모르고 있다는 것이다. 결국 인간에 대해서는 완전히 무지하다는 것이지.

그런 형편이기 때문에, 이를테면 연구실에서 '인간은 칭찬을 받으면 기뻐한다'는 이론을 발견하고, 자신도 그것을 실천하려고 하지만, 그 방법을 모른다. 그러면 어떻게 할까? 무턱대고 칭찬할 수밖에 없다. 결과가 어떠하리라는 것은 쉽게 상상할 수 있겠지.

칭찬이라고 생각했던 말이 장소에 어울리지 않았거나, 들어맞지 않았거나, 기회가 없었거나…… 그렇다면 차라리 아무 말도 하지 않는 편이 더 나았을 것이다. 그들은 머릿속이 자기 생각으로만 가득 차 있어 주위 사람들이 지금 어떠한 상황에 놓여 있는가, 어떠한 말을 하고 있는가에는 생각이 미치지 않는다. 또 관심을 가지려는 마음조차 없다. 그래서 생각난 김에 앞뒤를 가리지 않고 칭찬해버린다. 그러니 칭찬받은 사람이 오히려 어리둥절해하고 당황하여, 다음에는 또 어떤 말을 듣게 될까 조마조마해하는 것도 무리가 아니다.

사람은 어떤 빛깔로든 변할 수 있다

세상 물정을 모르는 학자에게는 뉴턴이 프리즘을 통해서 빛을 보았을 때처럼 사람이 몇 가지 빛깔로 분류되어 보인다. 이 사람은 이 빛깔, 저 사람은 저 빛깔이라는 식으로 말이다. 그런데 경험이 풍부한 염색 기술자는 다르다. 그는 빛깔에는 명도와 채도가 있다는 것을 잘 알고 있다. 한 가지 색깔로 보여도 여러 가지 빛깔이 혼합되어 있다는 것을 안다.

원래 한 빛깔만으로 된 사람은 없는 법. 약간은 다른 빛깔이 섞여 있거나, 그림자가 들어 있거나 한다. 그뿐만이 아니다. 비단이 빛을 받는 정도에 따라서 여러 빛깔로 변하는 것처럼 상황에 따라서 어떠한 빛깔로든 변할 수 있는 것이 바로 사람이다.

이것은 세상을 살고 있는 사람이라면 누구나 다 알고 있는 상식이다. 하지만 세상에서 격리되어 홀로 연구실에 틀어박혀 있는 자신만만한 학자는 그것을 모른다. 이것은 머리로 생각해서 알 수 있는 것이 아니므로 공부한 것을 실천하려고 해도 앞뒤가 맞지 않아 생각대로 되지 않는다. 춤추는 것을 본 일이 없는 사람이나 춤을 배운 일이 없는 사람은, 제아무리 악보를 읽을 수 있고 멜로디나 리듬을 이해할 수 있더라도 춤을 추지 못하는 것과 마찬가지다. 그런 점에서 자신의 눈으로 보고 귀로 듣고서 세상을 아는 사람은 전혀 다르다.

이와 마찬가지로 '칭찬하는' 위력을 안다면, 그 사람은 언제 어디서 어떻게 칭찬하면 좋은가를 잘 알고 있다. 이를테면 의사가 환자의 체질에 맞추어서 투약을 하는 것과 같다.

그들은 직접 칭찬하는 일은 좀처럼 하지 않는다. 완곡하게 비유적으로, 혹은 암시적으로 칭찬한다. 그러므로 머리로 생각하는 것과 현실 사이에는 커다란 차이가 있다는 것을 알아야 한다.

책에서 얻은 지식을 실생활의 지혜로 만들어라

그런데 너는 지식도 인격도 훨씬 모자란 사람들이 우수한 사람들을 상대로 그들이 눈치 채지 못하게 능숙하게 조종하는 것을 본 일이 있나? 나는 지금까지 여러 번 그러한 예를 보아왔다.

그런 일이 가능한 것은 으레 열등한 사람들 쪽이 세상을 사는 지혜가 뛰어난 경우였다. 지식도 많고 인격도 훌륭하지만 세상 물정에는 어두운 사람들의 맹점을 파고들어 그들을 마음대로 움직이는 것이지.

자기 눈으로 직접 관찰하고 실제로 체험해서 세상을 아는 사람은, 단순히 책을 통해서만 세상을 보는 사람과는 근본적으로 다르며, 더 우수하다. 그것은 잘 훈련받은 말이 노새보다 훨씬 쓸모 있다는 것과 똑같은 이치다.

너는 이제 지금까지 공부해온 것이나 보고 들은 것을 종합하여, 네 나름대로의 판단을 통해 인격이나 행동양식, 예의범절을 확립하지 않으면 안 되는 시기에 이르렀다. 앞으로는 세상을 알고 더 연마하기만 하면 된다. 그런 의미에서 사회에 관해 적어놓은 책을 읽는 게 바람직하다. 책에 쓰인 것과 현실을 비교해보면 좋은 공부가 될 것이다.

이를테면, 공부 시간에 프랑스의 모럴리스트 라로슈푸코의 격언을 몇 가지 읽고 깊이 고찰하였다면, 그것을 밤에 사교장에서 만나는 사람들에게 적용시켜 생각해보면 좋다. 역시 프랑스의 모럴리스트인 라 브뤼에르의 작품을 읽었다면, 거기에 묘사되어 있는 세계는 어떤 것인가를 사교장에서 실제로 확인해보는 것이다.

인간의 마음의 움직임이나 감정의 동요 등에 대한 책에는 갖가지 내용들이 씌어 있다. 그것을 미리 읽어두는 것은 좋은 일이다. 그렇지만 거기서 끝나서는 안 된다. 실제로 사회에 발을 들여놓고 관찰하지 않으면 모처럼 얻은 지식도 산지식이 되지 못하기 때문이다. 오히려 잘못된 방향으로 나아가 버린단다. 이는 방 안에서 세계 지도를 펼쳐놓고 제아무리 뚫어지게 들여다본들, 세계에 관해 아무것도 알지 못하는 것과 같은 이치라고 할 수 있다.

설득력을 키우고
표현력을 갈고닦아라

오늘은 영국에서 율리우스력을 그레고리력으로 개정하기 위한 법안을 상원에 제출했을 때의 일에 관해서 이야기하마. 분명 너에게 참고가 될 것 같구나.

율리우스력이 태양력을 11일이나 초과하고 있는 부정확한 달력이라는 것은 누구나 잘 아는 사실이었다. 그것을 개정한 사람은 교황 그레고리우스 13세였다. 그레고리력은 즉시 유럽의 가톨릭 국가에 받아들여졌고, 계속해서 러시아와 스웨덴, 영국을 제외한 모든 프로테스탄트 국가에 채택되었다.

나는 유럽의 주요 국가들이 그레고리력을 채택하고 있는데 우리는 잘못이 많은 율리우스력을 고집하고 있다는 것을 매우 불명예스럽게 생각하였다. 나 말고도 해외에 자주 드나들던 정치가들이나 무역상들 중에서도 율리우스력의 불편함과 불합리함을 느끼는 사람들이 많이 있던 것 같더구나.

그래서 나는 영국의 달력을 개정하기 위한 여론을 수렴하고 법안 상정을 결심하였다.

한 나라의 역사를 바꿔버린 나의 화술

우선, 나라를 대표할 만한 우수한 법률가와 천문학자 몇 사람의 협력을 얻어 법안을 작성하였다. 나의 고생은 여기서부터였다. 당연한 일이지만, 법안에는 법률 전문용어와 천문학상의 계산이 담겨 있었고 그 법안을 제안하기로 되어 있었던 사람은 그 어느 쪽 사정도 모르는 나 자신이었던 것이다.

법안을 성립시키기 위해서는 나에게도 얼마간의 지식이 있다는 것을 의회 사람들에게 알릴 필요가 있었다. 또 나와 마찬가지로 이린 법인에 대해서 잘 모르는 의원들에게도 조금은 납득이 간 듯한 기분을 갖게 할 필요가 있었다.

내게 있어 천문학을 설명하는 것은 켈트어나 슬라브어를 배워 그 언어로 말하는 것이나 마찬가지로, 그렇게 어려운 일은 아니었다. 그러나 다른 의원들 입장에서 보면 어려운 천문학 이야기 따위에는 별 흥미가 없을 것임에 틀림없다고 생각되었다. 그래서 내용 설명이나 전문용어의 나열은 집어치우고, 의원들의 마음을 사로잡는 일에만 노력을 기울이기로 결단을 내렸다.

나는 이집트력부터 그레고리력에 이르기까지의 과정을 일화를 섞어가면서 재미있게 설명하였다. 단어, 문체, 화술이나 몸놀림에는 특히 신경을 썼고, 이것은 성공이었다. 앞으로 무슨 일을 추진하든 이러한 방법은 성공할 것임에 틀림없었다.

의원들은 납득이 간다는 표정들이었다. 과학적 설명 따위는 전혀 하지 않았고 또 그렇게 할 생각이 없었음에도 불구하고, 여러 의원들은 나의 설명을 통해 모든 것을 분명히 알았다고 발언하였다.

나의 설명에 이어서, 법안 통과를 후원하기 위해 법안 작성에 누구보다도 힘이 되어준, 유럽 최고의 수학자이자 천문학자인 마크레스필드 경이 전문적인 이야기를 하였다. 그런데 그의 설명하는 태도가 별로 안 좋았던지, 실로 어처구니없는 일이지만, 나에게 모든 의원들의 찬사가 집중되어버렸다. 세상은 그런 것이다.

너도 그런 경험이 있을 것이다. 말을 걸어온 사람의 목소리가 거칠거나, 묘한 억양이거나, 엉망진창이거나, 말의 순서가 뒤죽박죽이라면…… 그럴 경우 말의 내용에 귀를 기울일 기분조차, 아니 그 사람의 인격에 눈 돌릴 마음조차 사라져버리지 않을까? 적어도 나는 그렇게 생각한다.

그런데 이와는 정반대로 호감을 느낄 수 있는 방법으로 말하는 사람은 그 내용까지 훌륭하게 들리고, 그 사람의 인격에까지 반해버리게 된단다.

내용도 중요하지만 지엽적인 부분도 중요하다

만약 네가 전하고자 하는 내용을 아무런 꾸밈이나 보탬 없이 논리정연하게 이야기할 수 있다고 하자. 그것으로 충분하다고 생각하고 정계에 발을 들여놓을 생각이라면 그것은 터무니없는 잘못이다. 사람들 앞에서 이야기할 때는 그 내용이 아니라, 달변인가 아닌가에 따라서 그 사람의 평가가 결정되어버리기 때문이다.

사사로운 모임에서 사람의 마음을 붙잡고자 할 때나 공적인 자리에서 청중을 설득하고자 할 때는, 이야기의 내용도 중요하지만 말하는 이의 분위기, 표정, 몸짓, 품위, 목소리를 내는 방법 및 사투리의 유무, 어디를 강조하는가 하는 억양 등 말하자면 부수적인 부분들이 참으로 중요하다.

나는 피트 씨와 스토마운트 경의 백부인 뮤레이 법무장관이 이 나라에서 연설을 제일 잘하는 인물이라고 생각한다. 이 두 사람 말고는 영국 의회를 조용하게 만들 수 있는 사람, 즉 논쟁의 과열을 진정시킬 수 있는 사람은 없다. 이 두 사람의 언실은 소란스러운 의원들을 침묵시켜 열심히 귀를 기울이게 하는 힘을 가지고 있다. 그들이 연설하고 있을 때는 마치 바늘이 떨어지는 소리마저 들릴 것 같은 분위기이다.

왜 이 두 사람의 연설이 그렇게 힘을 가지고 있을까? 내용이 훌륭하기 때문일까? 아니면 이론적인 뒷받침이 튼튼하기 때문일까?

나도 그들의 연설에 매혹된 사람 중 하나로, 집에 돌아와서 왜 그토록 매료당하는가를 생각해본 일이 있다.

도대체 그들은 무엇을 이야기한 것일까, 하고 하나하나 생각해보니 놀랍게도 내용도 빈약했고 테마도 설득력이 없는 경우가 많았다. 즉, 겉으로 드러난 허식에 매료되어 있었음에 불과했던 것이다.

아무런 꾸밈도 없는 논리정연한 화술은 지적인 사람 두세 명이 모이는 장소에서나 사적인 모임에서는 설득력도 있고 매력적일지 모른다. 그러나 많은 대중을 상대로 하는 공적인 장소에서는 통하지 않는다.

세상이란 그런 것이다. 우리는 연설에서 어떤 가르침을 받기보다는 즐겁게 들을 수 있는 쪽에 마음이 쏠린다. 원래 가르침을 받는다는 것은 그다지 기분 좋은 일은 아니다. 왜냐하면 무식하다는 소리를 듣는 것과 같은 일이기 때문이지. 연설은 듣는 사람의 귀를 솔깃하게 만들어야 한다. 또한 청중들의 칭찬을 받기 위해서는 우선 목청이 좋아야 하고.

이것이 연설을 그다지 능숙하게 하지 못하는 이 나라 사람들에게는, 그리고 특히 너에게는 다시 생각해볼 가치가 있는 중요한 일이 아닐까 싶구나.

표현력을 갈고닦아라

말을 잘하는 사람이 되려면 어떻게 해야 좋을까?

먼저 말을 잘하는 사람이 되고 싶다는 목표를 늘상 마음속에 새겨두어야 한다. 그리고 그 실현을 위해 독서를 하거나 문장 연습을 하는 등 모든 노력을 거기에 집중시켜야 한다.

우선 자신에게 이렇게 말해보자.

'나는 사회에서 인정받는 훌륭한 사람이 되고 싶다. 그러기 위해서는 말을 잘해야 한다. 일상회화를 갈고 닦으며, 정확하고 품위 있고 거만하지 않은 화술을 몸에 익히도록 노력하자. 고전이나 현대 작품을 불문하고 웅변가들이 쓴 책을 많이 읽자. 말을 잘할 수 있도록 그것을 읽자.'

자기 자신에게 이와 같이 타이르는 것이다.

좋은 표현을 익히고 자기만의 화술과 문장 스타일을 연구하라

실제로 그러한 목적을 이루기 위해 책을 읽을 때는 문체나 어휘의 사용에 유의하면 좋다. 어떻게 하면 좀더 훌륭한 표현이 되는가, 자신이 똑같은 글을 쓴다면 어디가 부족한가를 생각하면서 읽어야 한다.

같은 뜻을 가진 글을 쓰더라도 저자에 따라서 얼마만큼 표현방법이 다른가, 표현이 다르면 같은 내용이라도 얼마만큼 인상이 달라지는가에 유의하면서 읽어보렴. 아무리 훌륭한 내용이라도 어휘사용이 어색하거나 문장에 품위가 없거나 문체가 어울리지 않으면 얼마나 흥이 깨어지는가를 잘 관찰해두는 것이 좋다.

또, 아무리 자유로운 대화라 하더라도, 아무리 친한 사람에게 보내는 편지라 하더라도, 자기만의 독특한 스타일을 갖는 것이 중요하다.

이야기하기 전에 준비를 하는 것도 중요하지만, 그렇게 할 수 없었던 경우에는 대화가 끝난 뒤에, 좀더 좋은 화술은 없었을까, 하고 반성해보는 것이 화술을 향상시키는 데 도움이 될 것이다.

말은 바르게 사용하고 명확하게 발음하라

너는 우리의 마음을 사로잡는 배우들이 어떤 식으로 말하고 있는가 주의 깊게 관찰해본 적이 있느냐? 잘 관찰해보면 알겠지만, 훌륭한 배우는 언제나 확실하게 발음하고 정확한 말을 사용하는 데 중점을 두게 마련이다.

말이란 상대에게 개념을 전달하기 위해서 있는 것이다. 그런데도 개념이 전달되지 않는 화법을 쓰거나, 듣기 싫은 방법으로 말을 한다는 것은 어리석기 이를 데 없단다.

이 문제에 대해서는 하트 씨에게 부탁하면 된다. 날마다 큰 목소리로 책을 읽고 그것을 들어달라고 부탁해라. 호흡하는 방법, 강조하는 방법, 읽는 속도 등에 적당하지 못한 곳이 있으면 일일이 그 대목에서 중지시켜 정정해달라고 부탁해라. 책을 읽을 때는 입을 크게 벌리고 한 마디 한 마디 명확히 발음하고, 조금이라도 빠르거나 말씨가 명료하지 않으면 그 대목에서 지적해달라고 부탁하란 말이다. 그리고 혼자서 연습할 때에도 자신의 귀로 잘 듣도록 해라. 처음에는 천천히 읽어나가고, 말이 빨라지기 쉬운 문장에서는 너의 나쁜 버릇을 고치도록 유의해라. 네 발음에는 걸리는 듯한 느낌이 있어, 빨리 말할 때에는 알아듣기 힘들 때가 있더구나. 발음하기 어려운 자음이 있으면—너의 경우는 ɼ일 것이다—완벽하게 발음할 수 있을 때까지 계속해서 연습을 해라.

자기 생각을 문장으로 정리하는 훈련을 해라

사회에서 일어나는 문제를 몇 가지 골라서 그것에 관해 제기될 가능성이 있는 찬성과 반대의견을 머릿속으로 생각하고, 그 논쟁을 상정하여보아라. 이때 논쟁을 될 수 있는 한 품위 있는 말로 고쳐보는 것도 좋은 공부다.

예를 들어 상비군의 존재여부에 대해서 생각해본다고 하자. 반대의견의 하나로, 군사력 강화로 인해 주변 국가들에게 위협을 줄 염려가 있다는 견해가 있겠지. 찬성의견 중 하나로는, 힘에는 힘으로 대항할 필요가 있다는 것이 있을 테고.

이러한 찬반 양론을 가능한 한 깊이, 여러 번 생각해보아라. 이를테면 본질적으로 악이라고 할 수 있는 상비군을 갖는다는 것이 상황에 따라서는 다른 나라의 악을 방지할 필요악이 될 수 있는가 어떤가를 차분히 생각해보는 것이다.

그렇게 해서 나름의 생각을 정리하여 그것을 되도록 아름답고 품위 있는 문장으로 정리해보면 좋다. 그렇게 하면 토론연습도 되고, 항상 능숙하게 이야기하는 습관을 몸에 익히는 데에도 도움이 될 것이다.

듣는 사람이 무엇을 바라는가를 생각하라

사람을 제압하려면 상대방을 과대평가하지 않는 것이 중요하다. 연설에서 청중을 기쁘게 하기 위해서라도 그들을 과대평가하지 않는 것이 중요하다.

나도 처음으로 상원의원이 되었을 때에는 의회가 존경받을 만한 사람들만 모여 있는 곳이라는 생각이 들어, 일종의 위압감을 느꼈었다. 하지만 그것도 잠시, 의회의 실정을 알고 나자 그런 생각은 곧 사라져버렸지.

나는 560명의 의원들 중 사려 깊고 분별 있는 사람은 기껏해야 서른 명 내외이고, 나머지는 거의가 평범한 사람에 지나지 않는다는 것을 알았다. 또 품위 넘치는 말씨로 다듬어진, 내용이 풍부한 연설을 원하는 것은 그 30명 정도의 의원들뿐이고, 나머지 의원들은 내용이야 어떻든 듣기 좋은 연설이면 만족해한다는 것도 알았다. 그것을 알고 나서는 연설할 때마다 긴장하는 일도 적어지고, 마지막에는 청중을 거의 의식하지 않고 오로지 이야기의 내용과 화술에만 정신을 집중할 수 있게 되었다. 자랑은 아니지만, 나는 나 자신이 내용이 충실한 연설을 할 수 있을 정도의 양식은 갖췄다고 생각하기 시작했다.

웅변가는 솜씨 좋은 제화공과 비슷하다. 웅변가나 제화공은 어떻게 하면 상대편, 즉 청중이나 고객에게 잘 맞출 수 있는가를 터득하고 나면, 그 다음부터는 기계적으로 잘 해낼 수 있다. 만약 네가 청중을 만족시키고 싶으면 청중이 좋아하는 방향으로 이야기를 전개해야 한다. 연설자가 청중의 개성까지 좌우할 수는 없다. 있는 그대로의 그들을 받아들일 수밖에 없는 법이다. 그리고 다시 한 번 말하지만 그들은 자기들의 오감이나 마음을 사로잡는 것만을 좋아하고 받아들인다.

라블레^{프랑스의 의학자, 작가}도 초기 작품은 어느 누구에게도 인정 받지 못했다. 독사의 기호에 맞추어 『가르깅뛰아와 핑타그뤼엘 이야기』를 쓰고 나서야 비로소 독자들의 갈채를 받았던 것이다.

자기 이름에
자신과 긍지를 가져라

지난번에 네가 지출한 것이라며 90파운드짜리 청구서가 나에게 왔는데, 순간 나는 그 지불을 거절하고 싶었다. 금액이 많아서가 아니다. 이런 경우에는 부모와 미리 상의하는 편지를 보내주는 것이 관례인데도, 너는 이 청구에 관해서 편지 한 장 보내주지 않았더구나. 그것이 내가 지불하고 싶지 않았던 이유 중 하나이다.

그러나 그것보다 더 언짢았던 것은, 너의 서명이 어디에 있는지 알 수가 없었기 때문이다. 청구서를 가져온 사람이 가리키는 곳을 돋보기로 보고서야 비로소, 네 서명이 청구서 맨 아래쪽 구석에 있는 것을 알았다. 처음에는 글씨를 쓸 줄 모르는 사람이 간단하게 해 둔 X표 서명인가 싶었단다. 그런데 웬걸, 너의 서명이었단 말이다. 나는 일찍이 그렇게 작고 볼품없는 서명을 본 적이 없다.

신사, 또는 적어도 비즈니스 세계에 몸을 둔 자는 언제나 똑같은 서명을 하는 것이 관례로 되어 있다. 그렇게 함으로써 자신의 서명에 익숙해지고 가짜가 판치는 것을 방지할 수 있는 것이지. 또, 서명이라 하는 것은 다른 문자와는 달리 좀 크게 쓰는 것이 통례이다. 그런데 너의 서명은 다른 문자들보다도 훨씬 작았고, 게다가 알아보기도 힘들었다.

이 서명을 접하고서, 나는 네가 이 서명을 할 때 너에게 일어났을지도 모를 갖가지 좋지 않은 상황들을 상상해보았다. 정부 관료들에게 이런 서명의 편지를 보낸다면, 이것은 보통 사람의 필체가 아니니 기밀문서일지도 모른다며, 암호해독 담당자에게 넘길 법하지 않니?

만일 병아리를 보내는 척하고 그 속에 사랑의 편지를 숨겨넣는다면, 그것을 받은 여인은 그 편지를 병아리 장수가 썼을 거라고 생각할 것임에 틀림없다.

서두르되, 허둥대지 말라

허둥대고 있었기 때문에 그런 서명이 나왔다고 할지도 모르겠구나. 그러면 어째서 허둥대고 있었느냐?

지성적인 인간이라면 서두르는 일은 있어도 결코 허둥대지는 않는다. 허둥대면 일이 그릇된다는 것을 알고 있기 때문이지. 그러므로 서둘러서 일을 마무리하더라도, 서두름으로써 일을 그르치지 않도록 항상 마음을 쓰는 법이란다.

소심한 사람이 허둥대는 것은 대부분 자신에게 주어진 일이 힘에 부친다는 것을 알았을 때이다. 자신의 힘으로는 어찌해볼 도리가 없다고 생각하기 때문에 허둥대며 뛰어다니고, 골치를 썩이고, 결국 혼란에 빠져서 무엇이 무엇인지 모르게 되는 것이다. 이것저것 모두 한꺼번에 해치워 버리려고 하기 때문에 어느 것에도 손을 댈 수 없게 되는 것이다.

그러한 점에서 분별 있는 사람은 다르다. 손대고자 하는 일이 있다면 그 일을 완전히 끝마치는 데 필요한 시간을 미리 준비해두고, 서두를 때도 한 가지 일을 일관성 있게 추진해서 완성시킨다. 즉, 서둘러도 항상 냉정하고 침착함을 잃지 않아 허둥대는 일이 없으며, 한 가지 일을 끝맺기 전에는 다른 일을 건드리지 않는다.

너도 여러 가지 할 일이 쌓여 있어, 충분한 시간을 가지고 해나갈 수 없다는 것은 알고 있다. 그러나 일을 아무렇게나 하려는 심산이라면, 차라리 절반은 완벽하게 하고 나머지 절반은 손대지 않은 채로 그냥 두는 편이 훨씬 낫다. 게다가, 시장 바닥의 교양 없는 인간으로 오인받을 정도의 필체를 쓰는 어리석음이라니. 그런 품위 없는 짓을 해서 몇 초의 시간을 벌었다고 해도 그 시간은 아무런 쓸모도 가치도 없는 것이다.

chapter 06

우정을 키우는 가장 좋은 방법

친구는
자신의 인격을 비추는 거울

이 편지가 너에게 도착할 무렵이면 너는 베네치아에서 흥청대며 소모적인 사육제를 지내고, 토리노로 거처를 옮겨 공부 준비에 열중하고 있겠구나. 나는 토리노에서 머무는 것이 네 공부에 도움이 되고, 또 네 학력을 그만큼 신장시켜주기를 기도하고 있다. 그렇지만 솔직히 말해서 나는 전에 없이 너를 걱정하고 있단다.

들리는 말에 의하면, 토리노의 전문학교에는 평판이 좋지 못한 영국인들이 많다는구나. 지금까지 힘써 쌓아 올린 것을 혹시 무너뜨리지나 않을까, 하고 걱정이 되어 견딜 수가 없단다. 그들이 어떤 사람들인지는 모르지만, 떼를 지으면 거칠고 난폭한 행동을 서슴지 않는 데다 무례한 행동을 하여, 마음의 편협함을 드러내고 있다는 거야.

그런 일들은 자기 동료들 사이에서 그쳐주었으면 좋겠는데, 그것으로 만족하는 사람들은 아닌 듯싶구나. 그들이 패거리에 들라고 압력을 가하거나 집요하게 권유를 계속하는 모양이야.

그리고 그 일이 뜻대로 되지 않으면 이번에는 상대방을 업신여기는 수법을 쓴다더구나. 경험이 적은 네 또래의 젊은이에게는 그 방법이 효과를 발휘할 것이다. 압력을 받거나 강제로 권유를 당하는 것과는 비교도 안 될 것이다. 부디 이런 일에 말려들지 않도록 조심하기 바란다.

일반적으로 젊은이들은 어떤 부탁을 받으면 여간해서는 싫다고 냉정하게 거절하지 못하는 법이다. 싫다고 하면 체면에 관계될 것 같은 생각이 들기 때문이지. 동시에 상대편에게 미안한 생각도 들 것이다. 또한 친구들에게 따돌림당하여 고립되고 싶지 않다는 생각도 들 테고.

그런 생각 자체는 나쁜 것이 아니다. 상대편의 뜻에 맞추고 기쁘게 해주려고 하는 마음은 상대방이 좋은 친구라면 좋은 결과를 낳는다. 하지만 그 반대인 경우에는 본의 아니게 상대편의 의사에 휘둘리고 마는 최악의 사태를 가져온다.

만일 자신에게 결점이 있다면, 그 결점만으로 만족하기 바란다. 다른 사람의 옳지 못한 결점까지 흉내 내어 결점을 더 보태는 따위의 일은 하지 말기 바란다.

진정한 우정은 쉽게 뜨거워지거나 식지 않는다

토리노의 대학에는 온갖 부류의 사람들이 있을 것이다. 그들과 금방 친해질 수 있고, 또 친구도 될 수 있으리라는 생각은 잘못된 것이다. 그것은 당치도 않은 자부심이다. 참된 우정은 그렇게 간단히 손에 들어오는 것이 아닌 법. 오랜 시간에 걸쳐서 서로를 잘 알고 이해한 후가 아니면 진정한 우정은 싹트지 않는다.

그러나 그렇지 않은, 이름만의 우정이라는 것도 있다. 젊은이들 사이에 널리 퍼져 있는 우정이 이것이다. 이 우정은 잠시 동안은 뜨겁지만, 조금만 지나면 식어버린다.

우연히 서로 알게 된 몇몇 동료와 함께 무분별한 행동을 하거나, 놀이에 열중하거나 하는 경우도 있을 것이다. 이것은 즉흥적인 우정이다. 술과 여자와 노름으로 맺어진 우정이라니, 그건 진정한 우정이 아니다.

차라리 사회에 대한 반항이라도 하면서, 받아들여야 할 것은 받아들이는 편이 애교가 있다고 생각하지만, 경박하고 분별 없는 그들이 그런 재치를 발휘할 리 없다. 자신들의 값싼 관계를 우정이라고 부르면서 함부로 돈을 빌려주거나 친구를 위한답시고 소동에 끼어들어 싸움질을 할 뿐.

이런 사람들은 어떠한 계기로 사이가 벌어지면 이번에는 손바닥을 뒤집듯이 상대편의 험담을 늘어놓으며 돌아다닌다. 일단 사이가 벌어지고 나면 두 번 다시 상대를 생각해주는 일은 없다. 오히려 지금까지의 신뢰관계를 배반하고 그 사람을 우롱한다.

여기에서 한 가지 네가 주의해야 할 것이 있다. 친구와 놀이 상대는 다르다는 것이다. 함께 있으면 즐겁다고 해서 반드시 좋은 친구라고는 볼 수 없다. 아니, 오히려 그 반대로, 친구로서는 적합하지 않은 사람인 경우가 종종 있는 법이다.

어떤 사람이라도 상대방을 적으로 만들지 마라

어떤 친구와 사귀고 있는가는 그 사람을 평가하는 데 어느 정도 영향을 끼친다. 이것은 이치에 어긋나는 말이 아니다. 스페인 속담에 그것을 정확하게 표현하고 있는 말이 있다.

"누구와 가깝게 지내고 있는지 가르쳐달라.
그러면 네가 어떠한 사람인지 알아맞춰보겠다."

부도덕한 인간이나 어리석은 자를 친구로 가진 사람은 그 자신도 옳지 못한 행동을 하고 있는 것이 아닐까, 남에게 밝히고 싶지 않은 비밀 같은 것이 있지 않을까, 하고 의심을 받는 것이다.

그런데 부도덕한 인간이나 어리석은 인간이 접근해왔을 경우, 눈치 채지 않게 몸을 피하는 것은 당연하지만, 필요 이상으로 너무 냉담하게 대하여 적으로 만들어서는 안 된다. 친구로 사귀고 싶지 않은 사람은 이 세상에 얼마든지 있다. 그렇다고 해서 그들을 몽땅 적으로 만든다면 득이 될 것이 없지 않니.

만약 내가 그런 상황에 놓였다면 적도 아니고 내 편도 아닌 중간적인 입장을 택하겠다. 이것이 제일 안전한 방법이다. 옳지 않은 행위는 미워하지만, 인간적으로는 적대시하지 않는 것이다. 일단 그들에게서 적의를 받게 되면 좋지 않다. 친구가 되는 것보다는 낫겠지만, 그래도 곤란한 일을 당할 우려도 있으니까.

중요한 것은 상대가 누구든 간에 말해서 좋은 것과 말하면 안 되는 것, 해서 좋은 일과 안 되는 일을 분간하여 자기 자신을 통제하는 일이다. 그렇다고 분별 있는 척 행동하는 것은 가장 나쁘다. 상대에게 불쾌감을 주고, 사실은 그렇지 않다고 할 경우에는 오히려 상대를 화나게 만들어버리기 때문이지.

진정한 의미에서 사물을 정확히 분별하고 있는 사람은 드물다. 대개는 쓸데없는 일에 마음을 빼앗겨 완고하게 입을 닫아버리거나, 반대로 자기가 알고 있는 것과 생각하고 있는 것을 모두 드러내어 적을 만들어버릴 뿐이다.

자신의 발전에
도움이 되는 교제란?

친구에 대한 이야기는 이 정도로 해두고, 이제는 어떤 사람과 교제하는 것이 바람직한가에 대해 이야기하겠다.

자기보다 뛰어난 사람을 사귀어라

먼저, 가능한 한 자기보다 뛰어난 사람들과 사귀도록 노력해라. 뛰어난 사람들과 교제하면 자기도 그 정도로 훌륭하게 된다. 반대로, 자기보다 못한 사람과 사귀면 자기도 그와 똑같은 인간이 되어버린다. 앞에서도 말했듯이 사람은 교제상대에 따라서 달라지는 법이다. 여기에서 '뛰어난 사람'이라는 것은, 가문이 훌륭하다든가 지위가 높다든가 하는 의미가 아니다. 내실이 있는 사람, 이를테면 세상 사람들이 훌륭하다고 생각하는 사람들을 말하는 것이다.

'훌륭한 사람'에는 크게 두 부류가 있다. 먼저 사회에서 주도적인 역할을 하고 있는 사람, 사교계에서 화려하게 활동하고 있는 사람 등 사회적으로 뛰어난 사람들을 뜻한다. 그리고 특수한 재능이나 특징이 있는 사람, 특정 분야의 학문이나 예술에 두각을 나타낸 사람 등 전문분야에서 주목받는 사람들이다.

그렇다고 해서 자기 혼자만이 그렇게 생각하고 있어서는 안 된다. 세상 사람들이 모두 '뛰어나다'고 인정하여, 그렇게 부르고 있는 사람들이어야 한다. 거기에 몇 사람인가 예외적인 인물이 포함되어 있는 것은 상관없다. 오히려 그런 편이 바람직하다.

교제에 적합한 그룹이라는 것은, 단순히 뻔뻔스러움만 가지고 동료로 가입하거나, 어떤 저명인사의 소개로 억지로 들어가거나 하는 각양각색의 사람들이 뒤섞인 집단인지도 모른다. 가지각색의 인격을 가진 사람, 가지각색의 도덕관을 지닌 사람을 자세히 살펴보는 것은 즐겁고 유익하다. 게다가 그 주류는 우수한 사람들이다. 눈살을 찌푸려야 할 만한 인물은 좀처럼 가입할 수가 없지. 그런 의미에서 신분 높은 사람들만의 모임은 그 지방에서 훌륭하다고 인정받고 있지 않는 한 바람직하다고는 말할 수 없다. 신분이 아무리 높아도 머리가 텅 비어 있는 사람, 상식적인 예의도 모르는 사람 등…… 아무짝에도 쓸모없는 사람이 있기 때문이다.

학식이 풍부한 사람들만 모인 그룹도 마찬가지다. 사회에서 정중한 대접이나 존경을 받는 것은 사실이지만, 교제하기에 적합한 그룹이라고는 말하기 어렵다. 앞에서도 말한 것처럼 그들은 상대방의 마음을 편하게 해줄 줄을 모르고 세상 돌아가는 이치도 알지 못한다. 학문밖에 모르는 것이다.

너에게 그러한 그룹에 들어갈 만한 실력이 있다면, 가끔씩 얼굴을 내미는 것은 대단히 현명한 일이라고 생각한다. 그 일로 너에 대한 평판이 좋아지면 좋아졌지 나빠지는 일은 없을 것이다. 그렇지만 그 그룹에 빠져드는 것은 좀 생각해볼 문제다. 이른바 세상 물정 모르는 학자의 패거리라고 오해받아, 사회생활에서 장애가 되지는 않을까 걱정되기 때문이다.

적당히 거리를 두고 교제하는 것도 중요하다

재주가 많은 인물이나 시인은 대부분의 젊은이들이 함께 있기를 바라고 열중하는 상대일 것이다. 자기에게도 재주가 있으면 더할 나위 없이 즐거울 것이고, 재주가 없는 젊은이는 재주 있는 사람과의 교제를 자랑스럽게 생각할 것이다. 그러나 그러한 재주 많은 매력적인 인물과 교제할 경우에는 완전히 빠져들어서는 안 된다. 판단력을 잃지 말고 적당히 거리를 두고 교제하는 것이 바람직하다.

재치라는 것은 사람들이 그다지 기쁘게 받아들이는 것이 아니란다. 오히려 두려움을 느끼게 하는 경우도 있다. 일반적으로 주위에 사람의 눈이 있을 때에는 날카로운 재치를 두려워하게 마련이다. 언제 안전장치가 벗겨져 총탄이 자기를 향해 날아올지 모른다고 두려워하는 것이다. 그래도 이런 사람들과 서로 가깝게 지낸다는 것은 나름대로 의미 있는 일이며 즐거운 일이다.

다만 아무리 매력 있다 하더라도 다른 사람들과 어울리는 것을 일체 그만두고 그 사람들하고만 교제한다는 것은 신중하게 생각해 볼 문제가 아닐까 싶다.

결점까지 칭찬하는 사람은 멀리해라

어떤 일이 있어도 피해야 할 것은 수준 낮은 사람과 사귀는 일이다. 인격적으로 수준이 낮고, 덕이 부족하고, 지적 수준이 형편없고, 사회적 지위도 낮은 사람, 자기 자신은 아무것도 내세울 만한 장점이 없고, 너와 사귀는 것만을 자랑스럽게 여기고 있는 그런 사람 말이다. 그런 사람은 너를 붙잡아두기 위하여 너의 결점까지도 일일이 칭찬할 것이다. 그런 사람하고는 결코 교제해서는 안 된다.

너는 내가 이렇게 당연한 일에까지 충고하는 것에 놀라운 마음이냐? 하지만 나는 수준이 낮은 사람과 사귀어서는 안 된다고 충고하는 것이 전혀 불필요하다고는 생각지 않는단다. 분별도 있고 사회적인 위치도 확고한 사람들이, 그런 수준 낮은 사람과 어울림으로써 신용을 떨어뜨리고 타락해가는 모습을, 나는 너무도 많이 보아왔기 때문이다.

여기에서 가장 문제가 되는 것이 허영심이다. 허영심 때문에 인간은 나쁜 일들을 수없이 저질러왔고, 어리석은 행동을 하기도 했다. 어느 면에서나 자기보다 수준이 낮은 사람과 교제하는 것도 이 허영심 때문이다. 사람은 자기가 속한 그룹에서 최고가 되기를 바라는 법, 동료로부터 칭찬을 듣고 싶고 존경을 받고 싶고 사람들을 마음대로 움직이고 싶어 하는 법이다.

그런 시시한 찬사를 듣고 싶어서 수준 낮은 사람들과 사귀는 것이다. 그 결과가 어떻게 되리라고 생각하나? 그렇다, 결국 자기도 그 사람과 똑같은 수준이 되어, 보다 훌륭한 사람과 사귀려고 해도 그 뜻을 이루지 못하게 된다.

다시 한 번 말하지만, 사람은 교제하는 상대와 똑같은 수준까지 올라가기도 하고 내려가기도 한다. 사람들은 네가 사귀고 있는 상대를 보고 너를 평가하는 것이다.

꼭 사귀고 싶은 사람이라면
강한 자신감으로 밀어붙여라

나는 지금도 처음 사교장에 나가 훌륭한 사람들을 소개받았을 때의 일을 생생히 기억하고 있다. 아직 케임브리지 대학의 학생 티를 벗지 못했던 나는 눈앞에 있는 어른들이 눈부시고 어렵게만 여겨져 몸조차 제대로 가누지 못하고 움츠리고 있었다.

'우아하게 행동해야 한다'라고 나 자신에게 타일러보았지만 인사를 하는 것조차 딱딱하기 그지없었고, 누가 말을 건네오거나 내가 말을 건네려 해도 몸이 말을 듣지 않았다. 귓속말로 뭔가 소곤거리고 있는 사람들의 모습이 눈에 띄면 나에 대한 이야기를 하고 있는 것이라고 생각되었고, 그 자리에 있는 모든 사람들이 나를 바보 취급하거나 놀리고 있다고 생각되었다. 곰곰이 생각해보면 나 같은 풋내기 따위에게 신경 쓸 사람이 있을 리 없는데도 말이다.

나는 잠시 동안 마치 감옥살이를 하는 죄인 같은 심정으로 그 자리에 서 있었다. 만일 눈앞에 있는 사람들과 교제하여 자신을 갈고 닦으려는 강한 의지가 없었더라면, 나는 그 자리에서 벌써 도망치고 말았을지 모른다. 그러나 나는 끝까지 버텨 그 자리에 머물러 있었다. 어떻게 해서든지 그 자리에 나 자신을 융화시켜야 한다고 생각했기 때문이지. 그렇게 결심하고 나니 마음이 한결 편안해지는 것을 느꼈다.

이젠 예전과 같이 어색한 행동은 하지 않는다. 누가 말을 걸어오더라도 건성으로 받아들이거나 더듬거리지 않게 되었다.

좋은 기회는 자기 자신이 만들어가야 한다

내가 사교장에서 간혹 곤혹스러운 표정을 짓자 사람들은 이따금 내 곁에 와서 말을 건네주곤 했다. 나는 천사가 나를 위로해주려고 온 것이라고, 나에게 용기를 북돋워주려고 온 것이라고 생각했다.

그러자 조금씩 용기가 솟아났다. 나는 매우 품위 있어 보이는 부인에게 다가가 용기를 내어 "오늘은 날씨가 좋군요" 하고 말을 걸었다. 이 부인은 아주 정중하게 "나도 그렇게 생각해요"라고 대답해주었다. 그러고는 잠시 대화가 끊어졌다. 나로서는 더이상 계속할 말을 떠올릴 수가 없었다. 그때 그 부인이 다시 입을 열었다.

"너무 긴장하실 필요는 없어요. 지금도 내게 말을 거는 데 상당한 용기가 필요하셨던 것처럼 보이는데……. 하지만 그렇다고 해서 여기에 계신 분들과의 교제를 단념하려고 해서는 안 돼요. 다른 분들도 다 알고 계세요. 당신이 허물없이 어울리려고 노력하고 있다는 것을요. 그 마음이 소중한 거예요. 이제 방법만 몸에 익히면 되는 거죠. 당신은 스스로 생각하고 있는 것보다 사교에 서툰 분이 아니에요. 사교에 익숙해지면 곧 훌륭하게 될 수 있어요. 나에게 배우고 싶다면 나의 제자로 삼아 친구들에게 소개해줄 수 있습니다만……."

이 말을 듣고 내가 얼마나 기뻐했는지 상상할 수 있겠니? 그리고 또 내가 얼마나 어색하게 대답했는가를 떠올릴 수 있겠지?

나는 두세 번 헛기침을 했단다. 그렇게 하지 않고서는 목에 무엇인가 걸린 것 같은 느낌이 들어 목소리를 낼 수가 없었지. 나는 간신히 입을 열었다.

"말씀 정말 감사합니다. 제가 제 행동에 자신을 가질 수 없는 이유는 훌륭한 분들과 교제하는 데 익숙하지 않기 때문입니다. 하지만 저의 선생님이 되어주신다면 기꺼이 받아들이겠습니다."

나의 더듬거리는 말이 미처 끝나기도 전에 그 부인은 서너 명을 불러모아서 프랑스어로 이렇게 말했다(그 무렵 나는 프랑스에 머물러 있었다).

"여러분, 내가 이 젊은 분의 교육을 맡았어요. 그것을 이분은 무척 기뻐하고 있습니다. 이분은 틀림없이 내게 호감을 느끼셨던 모양이에요. 그렇지 않았다면 내게 다가와서 떨리는 마음을 억누르면

서까지 용기를 내어 '오늘은 날씨가 좋군요'라고 말을 걸지 않았을 거예요. 여러분, 좀 도와주세요. 모두 노력해서 이 젊은 분이 용기를 갖도록 도와줍시다. 이분에게는 본보기가 필요해요. 만일 내가 적절한 본보기가 못 된다고 생각되면 다른 분을 찾겠지요. 하지만 그렇다고 해서 오페라 가수나 여배우 같은 사람을 택해서는 안 될 거예요. 그런 사람들과 어울리면 세련되기는커녕 재산은 물론 건강까지도 해치며, 타락하게 될 뿐이니까요."

뜻하지 않은 이야기를 듣고, 그 자리에 있던 서너 명이 웃었다. 나는 무표정한 모습으로 서 있었다. 그 부인이 진심으로 말하고 있는 것인지, 아니면 나를 놀리고 있는지 알 수가 없었기 때문이다. 나는 기쁘기도 하고 한편으로는 부끄러운 생각이 들기도 했지만, 용기를 얻기도 하고 실망도 하면서 그냥 듣고 있었다.

사람을 사귀는 것도 의욕과 끈기가 필요하다

나중에 알게 된 일이지만 이 부인도, 또 이 부인이 소개해준 분들도, 나를 다른 사람들 앞에서 정말로 잘 감싸주었단다. 나는 점점 자신감을 갖기 시작했지. 우아하게 행동하는 것이 결코 부끄럽지 않게 되었다. 본보기가 될 만한 것을 발견하면 열심히 그것을 흉내냈다. 그리고 보다 더 자유로운 기분으로 따라할 수 있게 되었고, 결국은 내 나름대로의 사람 사귀는 방법을 터득하게 되었지.

너도 다른 사람들로부터 호감을 사는 사람이 되고 싶고, 사회에서 남 못지않은 일을 하고 싶다 결심만 한다면 못할 일이 없을 것이다. 하고자 하는 의욕과 끈기만 있다면 말이다.

사람을 제대로 평가하는
안목을 기르는 법

젊은이들은 사람이나 사물에 대해서 보고 듣는 것 모두를 과대평가하는 경향이 있다. 그것은 잘 모르기 때문이다. 진실을 알면 그 평가는 점점 떨어지게 마련이지. 인간은 네가 생각하고 있는 것처럼 그렇게 이지적이거나 이성적인 동물이 아니란다. 때로는 감정의 지배를 받고 너무나도 쉽게 무너져버리는 나약함도 가지고 있으니까.

일반적으로 유능하다는 사람들도 절대적이 아니라는 것을 너 역시 알고 있을 것이다. 그런데도 여전히 '유능하다'고 평가받는 것은 다른 사람들과 비교해서 그렇다는 것에 불과하다. 보통 사람들보다 결점이 적다는 이유만으로 '유능하다'는 말을 듣고 그로써 우위에 서 있는 것에 불과한 것이지.

그들은 무엇보다 먼저 자기 자신을 억제하고 결점을 줄임으로써 수많은 사람들을 다루고 있다. 그때 이성에 호소하여 다루는 것과 같은 어리석은 짓은 하지 않는다. 감정과 감각 등 다루기 쉬운 점을 교묘하게 파고들지. 그러므로 실패하는 일은 거의 없다.

그러나 잘 살펴보면 위대하며 완벽하다고 생각하는 사람들에게서도 결점을 쉽게 발견할 수 있다. 저 위대한 브루투스도 그렇다. 마케도니아에서는 도둑과 비슷한 짓도 하지 않았느냐! 프랑스의 추기경 리슐리외도 그렇다. 자신의 시 쓰는 재능을 사람들에게 조금이라도 높게 평가받으려고 보기에 좋지 않은 행동을 했었지. 말버러 공작 역시 사람들에게 인색한 면을 자주 보여주지 않았느냐!

네 자신의 눈으로 인간이란 어떤 것인가를 알 수 있게 될 때까지는 라로슈푸코 공작의 『격언집Maxims』을 읽으면 좋다. 이 소책자를 날마다 잠깐이라도 좋으니 읽기 바란다. 나는 이 책만큼 인간의 있는 그대로의 모습을 정확히 파악하고 있는 책은 드물고, 이 책만큼 인간에 관하여 많은 것을 일깨워주는 책은 없다고 생각한다.

이 책을 읽으면 너 역시도 인간을 필요 이상으로 과대평가하는 일은 없게 될 것이다. 그렇다고 해서 인간을 부당하게 깎아내리고 있는 책은 아니다. 그것은 내가 보증하마.

젊은이다운 쾌활함과 패기를 살려라

네 또래의 젊은이들은 언제나 새로운 힘이 넘쳐흐르고 있다. 누군가가 그 길을 열어주지 않으면 어느 방향으로 튈지 알 수가 없지. 자칫하면 넘어져 목뼈가 부러질 염려도 있다. 그러나 이 무모한 젊음도 비난만 받는 것은 아니다. 거기에 신중함과 자제력만 더해지면 모든 사람들에게서 환영받기도 한다.

따라서 젊은 사람에게 흔히 있는 들뜬 마음은 접어두고, 젊은이다운 쾌활함과 패기를 가지고 당당히 사람들 속으로 들어가 보거라. 젊은이의 변덕스러움은 비록 고의적인 것이 아니더라도 상대방을 화나게 하는 수가 있으나 발랄하고 씩씩한 모습은 모든 사람의 마음을 사로잡을 수 있다.

가능하면 만나야 할 사람들의 성격이나 그가 처해 있는 상황을 미리 살펴두는 것이 좋다. 그러면 무계획적으로 지레짐작하면서 말을 걸어야 하는 어려움도 없을 테니까.

네가 앞으로 사귀게 될 사람들 중에는 마음씨가 좋은 사람뿐만 아니라 좋지 않은 사람도 있을 것이다. 남을 비판하기 좋아하는 사람도 많지만, 그보나 너 비판을 받아 마땅한 사람도 있을 것이다. 그러한 사람들에게는 그 자리에 함께 있는 대부분의 사람들에게 해당되는 장점을 칭찬해주거나 단점을 옹호해주는 것이 좋다. 그렇게 하면 그것이 아무리 일반론에 지나지 않더라도 자기 자신을 두고 한 말이라고 생각하여 기뻐할 것이다.

실패와 좌절감은 인생 최고의 스승이다

사람은 특히 자기보다 우월한 사람들 속에 끼어 있으면 언제나 다른 사람들이 자기만을 주목하고 있는 것 같은 느낌이 드는 법이다. 남들이 뭐라고 소곤거리면 자기에 대해 말하고 있는 것이라고 여긴다. 또한 상대방이 웃고 있으면 자기가 웃음거리가 되고 있다고 생각하기 쉽다. 또 뭔가 분명한 의미를 알 수 없는 말을 들었을 때에는 틀림없이 자기를 두고 한 말이라고 생각해버린다. 스크라브가 『계략Stratagem』이란 책에서 쓰고 있는 것처럼, "저렇게 큰 소리로 웃고 있는 것을 보면 틀림없이 나 때문일 거야"라고 단정해버리는 것이다.

아무튼 훌륭한 사람들 속에 섞여서 실패를 거듭하고 좌절감을 실컷 맛보는 동안에 너도 점점 세련된 태도를 몸에 익히게 될 것이다.

남성이든 여성이든 네가 가장 친하게 지내고 있는 사람 5~6명에게, "저는 젊음과 경험이 부족해서 무례한 짓을 많이 저지르고 있다고 생각됩니다. 그것을 발견했을 때는 주저 말고 지적해주세요" 하고 부탁해보거라. 그때 지적을 받으면 우정의 증거라고 생각하고 "고맙습니다"라고 덧붙이는 것도 잊지 말아야겠지.

이와 같이 속마음을 숨김없이 이야기하여 상대의 도움을 청하고, 그러한 도움에 대한 고마움을 잊지 않으면, 지적해준 사람도 흐뭇하게 생각하여 다른 사람에게 그 이야기를 해서 너에게 힘이 되도록 부탁해줄 것이다. 그렇게 하면 많은 사람들이 친밀한 마음으로 기꺼이 너의 무례한 행위나 부적절한 말과 행동을 충고하게 된다. 그러다보면 너는 차츰 마음과 몸이 자유롭게 되고, 이야기를 나누는 상대나 함께 있는 사람에 따라서 카멜레온처럼 변화무쌍하게 행동할 수 있는 능력도 생길 것이다.

적당한 허영심은
자기 발전의 원동력이다

허영심, 좀더 부드럽게 말한다면 다른 사람들에게서 칭찬받고 싶어 하는 심정은, 어느 시대를 막론하고 누구나 가지고 있는 마음이 아닐까? 허영심이 커지면 어리석은 언동이나 범죄 행위를 저지르기도 한다. 그러나 다른 사람들로부터 칭찬받고 싶어 하는 감정은 자기 향상과 연결되는 것이 아닌가, 하는 생각이 드는구나.

물론 그러기 위해서는 그에 상응하는 사려 깊음과 향상심이 있어야 하지만, 결과적으로 본다면 허영심은 우리가 소중하게 가지고 있어도 좋은 감정일 것이다.

다른 사람에게 인정받고 싶거나 칭찬받고 싶다는 감정이 없으면, 우리는 무슨 일에나 무관심하게 되고 의욕을 상실하고 만다. 그리고 실제로 아무것도 하지 않게 된다. 그렇게 되면 자기의 재능을 발휘할 수도 없다. 그리하여 실력 이하로 보이는 것에 만족할 수밖에 없다. 그런데 허영심이 강한 사람은 자기 실력 이상으로 보이려고 온 힘을 다해 노력한다.

나는 지금까지 너에게 무엇 하나 숨기지 않고 얘기했다. 앞으로도 내 결점이 너에게 드러난다고 해도 숨길 생각이 없어 말하는 것인데, 사실은 나 또한 허영심을 많이 가지고 있었단다. 그러나 나는 이것을 유감스럽게 생각한 적은 없다. 오히려 허영심이 있었기 때문에 다행이었다고 안도하고 있지.

만약 나에게 사람들이 칭찬하는 어떤 장점이 있다면 그것은 허영심이 나를 향상시켜준 덕택이다. 다시 말해 허영심 덕분이지.

강한 승부욕이 능력을 이끌어낸다

내가 사회에 진출할 무렵 나의 출세욕은 대단한 것이었다. 어떡하든 사람들에게 인정받고, 징찬을 받으며, 촉망받아야 한다는, 남달리 뜨거운 욕망을 가슴 깊이 품고 사회에 첫발을 내디뎠다. 그 때문에 간혹 어리석은 짓도 했었지만, 그 이상으로 현명한 행동도 했다고 생각한다. 예를 들자면 남성들만이 모여 있을 때, 나는 '누구보다도 뛰어나자, 적어도 거기에서 가장 뛰어난 사람과 똑같을 정도로 훌륭하게 되자'고 마음먹었던 것이다. 그 생각이 나의 잠재능력을 끌어내어 항상 '최고가 되고 싶다'는 강한 승부욕을 키워주었다.

마침내 나는 모든 사람의 주목을 받는 대상, 즉 중심적 존재가 되었다. 일단 그렇게 되면 하는 일들이 모두 옳다고 여겨지는 법이다.

내 경우도 그러했다. 나의 말과 행동이 유행되고, 모든 사람들이 일제히 나의 언행을 따라하는 것을 보는 일이란 참으로 즐거운 일이었다. 나는 어떤 모임에든 반드시 초청되었고, 그 장소의 분위기를 어느 정도 좌우하게 되었다. 그런 일로 해서 유서 깊은 가문의 여인들과 스캔들을 일으키기도 했다. 또한 진위조차 알 수 없는 뜬소문이 진짜처럼 퍼진 적도 몇 번인가 있었다는 것을 고백한다.

남성을 대할 때 나는 상대편을 만족시키기 위하여 프로테우스_{그리스 신화에 나오는 바다의 신. 온갖 모습으로 둔갑하며 예언력이 있었다}처럼 변신하였다. 밝고 명랑한 사람들 사이에서는 누구보다도 밝은 표정으로 처신했으며, 위엄 있는 사람들 사이에서는 누구보다도 위엄을 가지고 행동하였다. 나는 사람들이 조금이라도 호의를 보이거나, 친구로서 무언가를 도와주었을 때는 결코 그냥 지나치거나 잊어버리는 법이 없었다. 항상 신경을 쓰고 그 고마움을 잊지 않았다.

그렇게 함으로써 상대방은 만족해했고, 또 나로서도 그들과 친해지는 계기를 만들 수 있었다. 나는 순식간에 그 지역의 명사를 비롯하여 여러 계층의 사람들과 가까운 사이가 되었지.

때로 철학자들은 허영심을 '인간이 지닌 가장 천박한 마음'이라 부른다. 그러나 나는 그렇게 생각하지 않는다. 허영심이 있었기에 현재의 '나'라고 하는 인격이 형성된 것이다. 그리고 너에게도 젊은

날의 나와 같은 이 정도의 허영심은 있었으면 좋겠다고 생각한다.

허영심은 사실 인간을 출세시키는 하나의 계기가 되기도 한단다.

감사의 마음을
솔직하게 표현하는 사람이 되어라

지난번에 로마에서 갓 귀국한 분으로부터, 너만큼 로마에서 환대를 받은 사람은 없을 것이라는 말을 듣고 나는 매우 기뻤다. 파리에서도 틀림없이 똑같은 환대를 받을 것으로 믿는다. 파리 사람들은 외국에서 온 사람들, 특히 예의 바르고 마음이 따뜻한 사람에게는 친절히 대해주거든.

그러나 그러한 호의에 마냥 좋아하고만 있어서는 안 된다. 그들도 네가 자기 나라를 사랑하고 있으며, 자기들의 태도나 관습을 좋게 여기고 있다는 것을 알면 더욱 기뻐할 것이다.

그러한 마음을 일부러 표현하라는 것은 아니다. 그렇게 하는 것도 나쁘지는 않지만, 그런 마음은 네 행동으로도 충분히 전할 수 있단다. 파리에서 환대를 받으면 그 정도의 답례를 해도 좋다고 생각하는데, 네 생각은 어떠니? 나도 만일 낯선 아프리카에 가서 그곳 사람들로부터 선의의 환대를 받았다면 상대가 누구든 간에 그 정도의 사의는 표할 것이다.

쾌활함과 인내는 진정한 젊음의 밑천이다

파리에서의 네 거처 문제는 이미 모두 마련해놓았다. 기숙사에도 즉시 입주할 수 있게끔 해두었고.

최소한 6개월 동안 기숙사에서 생활할 수 있다는 것이 무엇을 의미하는지 잘 생각해보아라. 먼저 그곳에 도착해서 호텔에 묵게 되면 아무리 날씨가 나쁘더라도 반드시 학교까지 가야 한다. 물론 그 시간이 낭비될 테지만, 문제는 그런 것이 아니다.

기숙사에서 생활하면 파리 상류사회 젊은이들 중 약 절반 정도와 친하게 사귈 기회가 생긴다. 얼마 안 가서 너도 파리 사교계에 한 구성원으로 따뜻하게 받아늘여실 테지. 이런 내접을 받은 영국인은 내가 아는 범위 내에서는 네가 처음이다. 게다가 거기에 드는 비용은 그리 큰 액수가 아니기 때문에 내 호주머니에도 부담이 가지 않을 것이다. 그 점에서 괜한 걱정은 안 해도 좋다.

그보다도 너의 프랑스어는 완벽하리만큼 능숙하다. 그러므로 곧 프랑스 사회에 익숙해져 지금까지 파리에서 생활한 그 누구보다도 충실한 나날을 보내게 될 것이다. 이보다 더 무엇을 바라겠느냐?

프랑스로 유학 간 영국 청년들의 대부분은 프랑스어를 제대로 구사하지 못한다. 그것뿐이라면 또 괜찮지만, 사람과 사귀는 방법도 모른다. 그래서 그들은 자기 표현을 제대로 하지 못하고, 당연히 프랑스 사회도 이해하지 못한다.

그 결과 '겁쟁이'가 되어버린다. 겁쟁이가 되어서는 안 된다. 겁이 많고 자신이 없으면 상대가 남성이든 여성이든 자기 수준 이하의 상대와 사귈 수밖에 없다. 어떤 일을 하든지 본인이 '할 수 없다'고 생각하면 할 수 없다. '어디 한번 해보자'고 결심하고 노력해라. '할 수 있다'고 자신을 타이르면 어떻게든지 할 수 있게 되는 법.

너도 자주 보았을 것이다. 인간적으로 특별히 우수하지도 않고 교양도 없는데, 쾌활하고 적극적이며 끈기가 있다는 것만으로 두각을 나타낸 사람들 말이다. 그런 사람들은 남성에게도 여성에게도 무시당하는 일이 없다. 어떤 어려움을 당해도 좌절하는 일이 없다. 두 번 세 번 넘어져도 다시 일어나 또 돌진한다. 결국 자기가 세운 뜻을 끝까지 밀고 나가 관철시킨다. 훌륭하다고밖에 말할 수 없지.

너도 이것을 본받으면 좋겠다. 너의 인격과 교양으로 밀고 나가면 훨씬 빨리 그리고 확실히 그 목표에 도달할 것이다. 너에게는 낙천적인 마음의 여유, 즉 자질이라는 것이 있다. 다시 일어설 수 있는 힘도 있다.

끝까지 체념하지 않고 노력하면 결국에는 길이 열린다

사회에서는 재능이 있어야 한다는 것이 첫 번째 조건이다. 거기에다 자기 생각을 확실하게 갖고, 그것을 다른 사람 앞에서 불필요하게 드러내지 않으며, 확고한 의지와 불굴의 끈기가 있으면 두려울 것이 없다. 일부러 불가능에 도전할 필요는 없지만, 가능한 일이라면 온갖 방법과 수단을 동원하여 도전하면 어떻게든 길이 열리는 법이다. 한 가지 방법으로 안 되면 다른 방법을 시도하여, 상대에 알맞은 방법을 찾아내어도 좋다.

역사를 조금 거슬러 올라가 보면, 강력한 의지와 끈기로 자신의 마음먹은 바를 성공시킨 사람이 제법 많다는 사실을 알게 될 것이다. 예를 들어 이탈리아 출신의 프랑스 추기경 마자랭과 여러 번 협상한 끝에 피레네 조약을 체결한 재상 돈 루이 드 알로가 바로 그렇다. 그는 타고난 냉정함과 끈기로 협상을 유리하게 이끌어, 중요한 몇 가지 문제에 대해서는 단 한 발짝도 양보하지 않고 합의에 도달했던 것이다.

마자랭은 이탈리아인처럼 쾌활함과 성급함으로 똘똘 뭉친 인물이었다. 반면에 돈 루이 드 알로는 스페인 사람 특유의 냉철함과 침착함, 인내력을 겸비한 인물이었다. 협상 테이블에 앉은 마자랭의 가장 큰 관심사는 파리에 있는 숙적 콩데 공이 다시 반란을 일으키지 못하도록 저지하는 일이었다. 그래서 조약 체결을 서둘러 매듭짓고 빨리 파리로 돌아가고 싶은 마음뿐이었지. 자기가 파리를 비워두고 있으면 무슨 일이 일어날지 몰랐기 때문이다. 돈 루이 드 알로는 이것을 눈치 채고 협상할 때마다 콩데 공의 이야기를 꺼내는 것을 잊지 않았다. 그 때문에 마자랭은 한때 협상 테이블에 앉는 일조차 거부했을 정도였다. 결국 시종 변함없는 냉정함으로 끝까지 밀어붙인 돈 루이 드 알로가 마자랭과 프랑스 왕조의 생각과 국익에 반하는 조약을 체결하는 데 성공을 거둔 것이다.

중요한 것은 불가능과 가능을 분별하는 능력이다. 단순히 어렵기만 한 일인 경우, 그것을 관철하려는 정신력과 인내력으로 어떻게든 길을 열 수 있다는 뜻이지. 물론 주의력과 집중력이 필요한 것은 더 말할 필요도 없지만…….

Chapter 07

인간관계를 맺는 비결

상대의 신뢰를 얻어내는
인간관계의 법칙

앞에서 어떠한 사람들과 교제해야 하는가를 이야기했다. 이제부터는 그 사람들과의 교제에서 어떤 행동을 하면 좋은가를 이야기하고 싶구나. 이것은 내 경험을 통해 얻은 결과이니, 네게 조금은 도움이 될 것이라고 생각한다.

상대방을 기쁘게 해주려는 마음을 가져라

먼저 말해두고 싶은 것은, 아무리 훌륭한 사람들과 깊은 관계를 맺는다 해도, 상대방을 기쁘게 해주려는 네 마음이 전제되지 않으면 아무런 소용이 없다는 것이다.

언젠가 네가 스위스를 여행하고 있을 때 친절한 대접을 받아 아주 기뻤다는 내용의 편지를 보내온 일이 있었지. 그때 나는 너에게 친절하게 대해준 분들에게 감사의 편지를 써보냈다. 동시에 너에게도 다음과 같은 편지를 썼었는데, 혹시 기억하고 있니?

"만일 다른 사람이 너를 염려해 마음을 써준 것이 그렇게 기쁘다면 너 역시도 다른 사람에게 진심 어린 마음을 써주어라. 네가 마음을 써주고 친절하게 해주면 해줄수록 상대방도 기뻐하는 법이란다."

이것이 사람과의 교제에 꼭 필요한 최상의 원칙이 아닐까 싶다. 사람이란 자기가 사랑하는 이나 존경하는 친구에 대해서는 스스로 나서서 상대방을 염려하고 기쁘게 해주어야겠다는 마음이 생기는 법이란다. 이런 마음이 없으면 실제로 사람들을 기쁘게 해줄 수가 없다. 인간관계의 원칙은 상대편을 생각하는 이 마음이다. 그 마음이 있으면 어떤 말과 행동을 취해야 좋은가를 자연히 알게 된단다.

사람을 기쁘게 해주고자 하는 마음은 누구나 가지고 있지만 사람과 교제하는 가운데 사람을 기쁘게 해주는 방법을 알고 있는 사람은 드물다. 너는 꼭 이것을 알아두었으면 한다. 그렇디고 해서 무슨 특별한 원칙이 따로 있는 것은 아니다. 한 가지 내가 말할 수 있는 것은, 다른 사람이 자기에게 해주었을 때 기쁜 것을 너도 다른 사람에게 똑같이 해주라는 것이다. 잘 생각해보면 알 수 있다. 다른 사람이 너에게 어떻게 해주었을 때 네가 기뻤던가를. 알았으면 너도 똑같이 하도록 해라. 그러면 상대편도 틀림없이 기뻐할 테니.

그러면 실제로 상대방을 기쁘게 해주는 올바른 교제를 하기 위해서는 어떤 점을 조심해야 할까?

대화를 혼자 독점하지 마라

우선, 말을 잘하는 것은 좋지만 혼자서 계속 떠들어대는 것은 좋지 않다. 만일 오랜 시간 혼자서 말을 해야 할 상황이라면, 적어도 네 말을 듣는 사람이 지루해하지 않도록, 즐겁게 들을 수 있도록 마음을 써야 한다.

그러나 그것도 최소한으로 해두는 것이 바람직하다. 본래 대화라는 것은 혼자 독점하는 것이 아니지 않니. 너 혼자서 모든 사람들의 몫까지 차지해서는 안 된다. 특히 각자 자기의 몫을 차지할 능력이 있을 경우, 너는 네 몫만 차지하면 된다.

간혹 혼자서 계속 지껄이는 사람을 보게 되는데, 그런 사람은 대개가 가장 말수가 적은 사람이나 우연히 옆자리에 앉은 사람을 붙잡고서 소곤거리며 계속 말을 이어간다. 이것은 예절에 매우 어긋나는 일이라고 생각하지 않니? 그것은 올바른 태도라고 할 수 없다. 대화는 공동으로 만들어내는 공공의 것이니 말이다.

그렇지만 만약 반대로 네 자신이 그러한 몰지각한 사람에게 붙잡혔을 때, 그것을 참을 수밖에 없는 상대라면 하는 수 없다. 적어도 겉으로는 그 사람에게 주의를 기울이고 있는 척하고 가만히 참아야 한다.

드러내놓고 거절해서는 안 된다. 그 사람에게는 네가 조용히 귀를 기울여주는 것보다 기쁜 일은 없다. 이야기 도중에 등을 돌리거나, 아주 참기 힘든 표정을 지으면서 상대의 말을 듣는 것만큼 모욕적인 것은 없다.

상대방에 따라서 적절한 화제를 선택하라

이야기 내용은 될 수 있으면 그곳에 모인 사람들이 모두 좋아하는, 유익한 것을 고르는 게 좋다. 역사 이야기나 문학 이야기 또는 다른 나라 이야기 등은 날씨 이야기나 옷 이야기, 떠도는 소문 같은 것보다는 훨씬 유익하고 즐거울 것이다.

가볍고 조금 익살스러운 이야기가 필요할 경우도 있다. 내용상으로는 별로 소용이 없는 이야기일지라도, 여러 부류의 사람들이 모였을 때는 공통적인 화제가 가장 적절하다.

더욱이 무엇인가를 협상하는 일을 하고 있을 때, 더이싱 대화를 계속하면 험악한 분위기가 될 우려가 있을 때, 이런 가벼운 이야기를 하면 무거운 분위기를 단번에 씻어준다. 그럴 때 잠깐 재치 있게 익살스런 화제를 꺼내는 것은 조금도 부끄러운 일이 아니다. 음식에 관한 이야기를 한다거나 술의 향기나 제조법으로 화제를 돌린다. 아주 세련된 화술이라고 생각하지 않니?

상대에 따라서 화제를 바꾸라는 말을 새삼스레 또 너에게 말할 필요는 없겠지. 누가 가르쳐주지 않았다고 해서 언제나 똑같은 화제를 똑같은 태도로 꺼낼 정도의 바보는 아닐 테니. 정치가에게는 그에 적합한 화제가 있고, 철학자에게는 그에 적합한 화제가 있다. 물론 여성에게는 여성의 취향에 맞는 화제가 있는 법이지. 인생 경험이 풍부한 사람이라면 그 정도는 충분히 알고 있다.

상대에 따라서 빛깔을 달리하는 카멜레온처럼 자유자재로 빛깔을 바꾸고 화제를 선택해라. 이것은 교활한 태도도 야비한 태도도 아니다. 말하자면 교제에 없어서는 안 될 윤활유와 같은 것이라고 생각해주기 바란다.

굳이 네가 그 장소의 분위기 조성자가 될 필요는 없다. 분위기에 자기를 맞추는 편이 좋다. 그 자리의 분위기를 재빨리 읽어 진지하게도 명랑하게도 되렴. 필요하면 농담을 하는 것이 바람직하다. 이것은 많은 사람들과 자리를 같이할 때의 에티켓과 같은 것이다.

자기 자신이 일부러 말하지 않더라도 상대방에게 장점이 있으면 그것은 자연히 대화 속에서 스며 나오는 법이다. 만약 자기에게 자신 있는 화제가 없으면 스스로 화제를 택하기보다는 다른 사람의 시시한 이야기에 잠자코 맞장구를 치는 편이 훨씬 더 좋을 것이다.

될 수 있으면 의견이 대립되는 화제는 피하거라. 그렇지 않으면 의견을 달리하는 쪽에서 잠시 험악한 분위기가 될지도 모른다. 의견이 대립되어 논쟁이 고조될 듯하면 그냥 얼버무리든가, 기지를 살려서 그 화제에 종지부를 찍는 게 더없이 좋겠지.

자신의 이야기는 가능한 피해라

그 어떤 경우에도 절대 해서는 안 되는 것이 자신을 자랑하는 일이란다. 이런 일은 될 수 있는 한 피하도록 해라. 아무리 훌륭한 사람이라도 자신의 이야기를 하다보면 여러 가지 가면을 쓴 허영심이나 자존심이 머리를 들고 나와서 다른 사람들에게 불쾌감을 주게 되니까.

자기 자신의 이야기에도 여러 가지가 있다. 이야기의 흐름과는 전혀 상관없는 자기 이야기를 갑자기 아무 거리낌없이 꺼내어, 결국에는 자기 자랑으로 끝내는 사람이 있는데, 이것은 예의에 어긋나기 그지없는 일이다.

좀더 교묘하게 자기 이야기를 꺼내는 사람도 있다. 예를 들면 마치 자기가 억울하게 비난을 받고 있는 것처럼 행동하며, 그런 비난은 부당하다(본인이 그렇게 생각하고 있을 뿐이지만)고 말한 뒤, 자기의 장점을 나열하면서 자기를 정당화하고, 결국은 자기 자랑을 하는 깃이지.

"이런 말을 하는 것은 참 우스워서 나도 말하고 싶지 않아요. 사실 나는 말하지 않으려고도 했지요. 그렇지만 너무해요. 나도 내가 하지도 않은 일로 이렇게 심한 비난을 받지만 않았으면 입이 열 개라도 이런 말은 하지 않았을 거예요."

분명 누구에게나 정의라는 것은 있다. 그러므로 비난을 받으면 혐의를 벗기 위해서, 보통 때 같으면 입 밖에 내지 않을 말까지 해도 된다고 주장한다면 그것도 수긍할 수 있다. 그러나 그 얼마나 얄팍한 생각이냐! 자기의 허영심을 위해서라면 겸손함을 내팽개쳐도 좋단 말인가! 그런 경박스러운 행위가 또 있단 말이냐. 결국은 그 속셈이 뻔히 보이지 않니.

똑같이 자기 이야기를 하더라도 좀더 유치하게 자기를 비하시키는 방법을 택하는 사람도 있다. 이것은 더욱 어리석은 수작이다. 그런 사람은 우선 자기는 나약한 인간이라고 고백한 다음에 자기의 불행을 한탄하고, 그리스도교의 일곱 가지 덕에 맹세를 하는 것이다. 그렇게 하면서도 다소는 부끄러움이나 망설임을 느끼는 듯하지만 말이다.

이런 사람들은 무엇인가를 알지 못하고 있다. 그런 방법으로 불행을 한탄하여도 주위 사람들은 동정하지도 않고, 힘이 되어주지도 않으며, 다만 곤혹스러워하고 당황할 뿐이라는 것을…… 본인들이 매우 적절하게 말하고 있는 것처럼 그들에게는 힘이 부족한 것이다. 그러니 어떻게 도와줄 수도 없다. 따라서 주위 사람들은 당연히 당혹해할 수밖에 없다.

그런데 거기까지 생각이 미치지 못하는 그들은 자기 스스로도 바보 같은 짓이라는 것을 알면서도, 푸념을 할 수밖에 없는 것이다. 그들도 분명히 알고 있다. 자기처럼 결점투성이 인간은 성공은커녕 사회에서 순탄하게 살아가는 것조차 어렵다는 것을…….

게다가 그 버릇을 고치지도 못한다. 그래서 최후의 발버둥을 치면서 힘껏 저항하는 것이다. 너는 그런 일이 있겠느냐고 생각할지도 모르지만 이것은 사실이다. 너도 언젠가는 이런 사람들을 만날 수도 있을 테니, 주의해서 살펴보는 것이 좋겠구나.

자기 자랑으로 칭찬받는 사람은 없다

그러나 이와 같이 허영심이나 자존심이 바깥으로 나타나지 않는 것은 그래도 나은 편이다. 심한 경우, 정말로 시시한 것까지도 증거로 내세워서 노골적으로 자기 자랑을 늘어놓는 사람이 있다. 칭찬받고자 하는 욕심만으로 자기 자랑을 하는 사람을 너도 본 일이 있을 것이다.

그런데 그들의 이야기가 사실이라 하더라도(그런 경우는 좀처럼 없지만), 실제로 칭찬받는 일은 드물단다.

예를 들어, 자기와 별로 관계없는 일, 즉 자기는 저 유명인사 누구의 자손이라든가, 친척이라든가, 친구라고 하는 것 등을 자랑스럽게 이야기하는 사람이 있다. "우리 할아버지는 누구입니다. 백부는 누구이고 친구는 누구누구입니다……"라고 그칠 줄 모르고 계속 지껄여댄다. 어쩌면 한 번도 제대로 만난 적 없는 사람들일 것이다. 그렇지만 글쎄……. 그래도 좋다고 해두자.

그런데 그것이 정말이라고 해도 그것이 어쨌다는 말인가? 그렇다고 해서 그 사람이 훌륭한가? 그렇지 않다.

또는 혼자서 술 대여섯 병을 비웠다고 자랑스럽게 말하는 사람이 있다. 그 사람을 위해서 감히 말하건대, 그것은 거짓말이다. 그렇지 않다면 그 사람은 괴물이다.

이처럼 예를 들자면 끝이 없을 정도로 인간은 허영심 때문에 어리석은 말을 하거나 이야기를 과장한다. 그리고 그 때문에 본래의 목적을 이루지 못하고 오히려 자기에 대한 평가를 깎아내리게 한다. 본질과 전혀 관계가 없는 말을 꺼내어 자랑한다는 것은 내용이 없다는 것을 스스로 폭로하는 것과 다름없다.

가만히 있어도 장점은 빛난다

이러한 어리석은 행위를 하지 않는 유일한 방법은 자기 이야기를 하지 않는 것이다. 자신의 이야기를 꼭 해야 할 경우에도 자기 자랑을 하고 있다고 오해받을 만한 말은, 직접적인 것이든 간접적인 것이든 일절 삼가는 것이 좋다.

인격은 선악에 관계없이 언젠가는 알려지는 법. 일부러 말할 필요가 없단다. 더구나 본인이 자기 입으로 말한다면 아무도 그것을 믿지 않을 것이다.

잘못이라도 자기 입으로 말하면 결점을 숨길 수 있다든가, 장점이 더욱 빛날 것이라는 생각은 하지 않는 게 좋다. 그런 짓을 하면 결점은 한층 더 두드러지게 나타날 것이고 장점은 더 희미해져버릴 것이다. 스스로 아무 말도 하지 않고 가만히 있으면 사람들은 오히려 장점이 있다고 생각하는 법이다. 최소한 겸손하다고 생각할 것은 확실하다. 더욱이 불필요한 질투나 비난, 또는 비웃음을 사서 정당한 평가가 방해받는 일은 없을 것이다.

그러나 아무리 교묘하게 변장하였더라도 자기 스스로 그것을 말해버리면 주위 사람들의 반감을 사서 뜻하지 않은 결과에 실망하게 될 테니 그렇게 되지 않기 위해서 자기 이야기를 가능한 한 자제하는 것이 가장 현명하단다.

무게 있게
행동하는 것이 중요하다

　대체 무엇을 생각하고 있는지 알 수 없는 사람이나 성격이 매우 어둡게 보이는 사람이 있다. 그것도 칭찬받을 일은 못 된다. 우선 인상이 좋지 않아 공연한 오해를 받기 쉽다. 그리고 어떤 생각을 하고 있는지 알 수 없는 사람에게는 아무도 자신의 속마음을 털어놓으려 하지 않을 것이다.

　유능한 사람은 내면으로는 신중하더라도 그것을 겉으로 나타내지 않고, 외면으로는 누구와도 쉽게 친해져 상냥하고 영리한 것처럼 행동하는 법이다. 그리고 자기 본심은 굳게 지키면서, 언뜻 보기에는 개방적인 것처럼 보이게 함으로써 상대방의 경계심을 풀어버린다.

　이렇듯 자신을 굳게 지켜야 하는 이유는, 부주의하게 아무 말이나 함부로 지껄여버리면, 대부분 그 말이 어딘가에 인용되어 자기들 편리한 대로 이용되기 때문이다. 따라서 상냥하게 행동하는 것과 마찬가지로 신중함도 중요한 요소임에 틀림없다.

상대방의 말은 귀가 아니라 눈으로 듣는다

이야기를 할 때는 항상 상대방의 눈을 보아야 한다. 그렇게 하지 않으면 무언가 양심의 가책을 받는 일이 있는 게 아닌가 하는 오해를 사게 된다. 게다가 말하고 있는 상대방의 눈을 똑바로 쳐다보지 않는 것만큼 큰 실례는 없다.

천장을 쳐다보거나 창문 밖을 내다보거나 담뱃갑을 만지작거리거나 한다면…… 그런 행동들은 지금 자기에게 이야기하고 있는 사람보다 그것이 더 중요하다고 공개적으로 말하는 것이나 다름없다. 그런 행동을 하면 자존심이 강한 사람은 화를 내고 증오심으로 얼굴을 찌푸릴 것이다.

상대방의 눈을 보지 않는다는 것은 자신의 인상을 나쁘게 하는 것으로만 끝나지 않는다. 그것은 자기 말이 상대방에게 어떻게 받아들여지고 있는가를 관찰할 기회를 스스로 포기하는 것과 같다. 나는 상대방의 마음속을 읽으려면 귀보다는 눈에 의지하는 편이 낫다고 생각한다. 마음속으로 생각하고 있지 않은 것을 입으로 말하기는 쉽지만, 눈에 나타내기는 무척 어려운 일이라고 생각하기 때문이다.

다른 사람을 헐뜯지 마라

다음으로 당부하고 싶은 것은, 자진해서 타인의 나쁜 소문에 귀를 기울이거나 그것을 퍼뜨리지 말라는 것이다.

그때 당장은 즐거울지 모른다. 하지만 냉정하게 생각해보면, 그런 짓은 아무런 득이 되지 않는다는 것을 알게 될 것이다. 남을 헐뜯으면 헐뜯는 그 사람이 비난을 받을 뿐이다.

너무 큰 소리로 웃는 것도 좋지 않다. 큰 소리로 웃는 것은 보잘것없는 것에서만 기쁨을 발견하는 어리석은 자나 하는 짓이다. 진짜로 기지가 풍부한 사람, 분별 있는 사람은 결코 다른 사람을 바보같이 웃게 하거나, 자기도 바보같이 웃거나 하지 않는다. 웃더라도 소리내지 않고 미소만 지을 뿐이다.

너도 결코 큰 소리로 웃는 따위의 천한 흉내는 내지 마라. 무슨 일이 있을 때마다 껄껄대고 웃는 것은 자신이 바보임을 증명하는 것과 다를 바가 없다.

예를 들면 한 친구가 의자에 앉으려고 하는데, 누군가가 의자를 치워버려 그 친구가 엉덩방아를 찧는다. 그래서 일제히 한바탕 크게 웃는다. 이 얼마나 저속한 웃음이냐? 그런데도 그들은 그것이 즐겁다고 한다. 이 얼마나 생각이 모자라는 즐거움이냐? 천하고 못된 장난이나 시시한 우발사고를 보고 폭소하는 것 말고는, 좀더 마음이 풍요로워지고 표정이 밝아지는 즐거움을 모르냐고 묻고 싶구나. 게다가 그렇게 큰 소리로 웃는다면 귀에 거슬릴 뿐만 아니라 보기에도 흉하단다.

바보스런 웃음은 참으려고 하면, 약간의 노력만으로도 가능하다. 그것을 참지 못하는 것은, 사람들이 웃음이란 명랑하고 즐겁고 좋은 것이라고 여기는 고정관념에 사로잡혀 있기 때문이다. 그래서 그것이 아주 어리석은 짓이라는 점을 깨닫지 못하는 것이다.

사소한 버릇으로 자신을 깎아내리지 마라

말을 하면서 헤프게 웃는 버릇을 가진 사람이 있다. 내가 알고 있는 월러 씨도 그렇다. 그는 인격적으로 아주 훌륭하지만, 딱하게도 웃지 않으면 이야기를 하지 못한다. 이 사람을 잘 모르는 사람은 그의 버릇을 보고 처음에는 약간 머리가 이상한 사람이라고 생각하는데, 그러한 평가를 받아도 어쩔 수 없다.

이외에도 사람에게는 인상이 좋다고 할 수 없는 버릇이 많이 있다. 처음으로 사회에 진출했을 때, 지루한 시간을 달래기 위해 어색한 동작이나 이상한 몸짓, 무심코 한번 해본 행동들이 그대로 몸에 굳어버린 것이 아닐까?

처음으로 사회에 진출했을 때에는 어떻게 처신해야 좋을지 몰라서 온갖 표정을 지어보거나, 온갖 동작을 시도해보기도 하지. 그것이 어느 사이에 그 사람의 버릇이 되어버린 것이다. 지금도 어떤 사람들은 코에 손을 대거나 머리를 긁적이거나 모자를 만지작거리거나 하더구나.

　가만히 보고 있으면 왠지 어색하고 침착성이 없는 사람은 어딘가에 그런 버릇이 남아 있는 법이다. 세상에는 그런 사람이 의외로 많다. 그렇다고 해서 그렇게 해도 괜찮다는 것은 아니다. 나쁜 짓을 하고 있는 것은 아니지만, 역시 보기에 좋지 않은 행동은 최대한 자제하는 편이 좋다.

조직 활동에서
성공하는 비결

재치나 유머, 농담 등은 특정 집단 밖에서는 통용되지 않는 경우가 많다. 그런 것은 특수한 토양에서만 생겨나는 것인지도 모른다. 따라서 다른 땅에 옮겨 심으려고 해도 무리일 때가 많지. 어떠한 집단 내에서든 그 집단 특유의 배경이 있다. 거기에서 독특한 표현방법이나 말씨가 생겨나고, 나아가 독특한 유머나 농담이 생겨나는 섯이니, 그것을 토양이 다른 집단으로 가져가보면, 무미건조하고 아무 재미도 없는 게 당연하다.

재미없는 농담만큼 비참한 것은 없다. 좌석은 흥이 깨지고, 심한 경우 무엇이 재미있는지 설명해달라는 요구까지 나오게 된다. 그럴 때의 비참한 기분은 굳이 여기에 기록할 필요조차 없겠지. 농담뿐만이 아니다. 어떤 모임에서 들은 이야기를 다른 모임에 가서 입 밖에 내서도 안 된다. 별일 아니라고 생각할지 모르지만, 그 말이 돌고 돌아서 상상 이상으로 중대한 사태를 초래할 수도 있다. 게다가 그런 짓은 예의에 어긋난다. 규약은 없지만 어디에선가 들은 이야기를 함부로 입밖에 내지 않는다는 것은 무언의 약속과 다름없다. 그것을 어기면 여기저기서 비난을 받을 뿐만 아니라, 어디를 가도 환영받지 못한다.

자기 의견을 갖지 않은 호인은 큰 인물이 될 수 없다

어느 집단에나 이른바 '호인'이라는 이유 하나만으로 그 집단에 들게 된 사람이 있다. 그들을 자세히 관찰해보면 실상은 아무 쓸모도 없고 매력도 없으며, 자신의 의견도 의지도 없는 경우가 적지 않다. 그들은 동료들이 한 일이나 말한 것이라면 무엇이든지 쉽게 동의하고 양보하고 칭찬한다. 동료들 대부분이 우연히 동의했다는 이유만으로 아무리 잘못된 일이라도 아주 간단하게 영합해버린다. 왜 그런 어리석은 짓을 하는가? 그 사람은 그렇게 하는 것 외에 다른 의견을 가지고 있지 않았기 때문이다.

너는 더 떳떳한 이유로 집단의 일원이 되도록 노력하기 바란다. 그러기 위해서는 자신의 의지와 생각을 가지고 있어야 하며, 그것을 쉽게 바꾸지 않는 것이 중요하다. 다만 그것을 표현할 때는 예의바르게 유머를 가지고, 또한 품위를 갖추고 임하기 바란다. 지금 네나이로는 높은 위치에서 말을 하거나, 마치 다른 사람을 비난하는 듯한 말을 하는 것은 아직 이르다.

이른바 호인의 아첨이 아니라면 다른 사람에게 싹싹하게 대하는 것은 비난받을 성질의 것이 아니다. 오히려 타인과의 교제를 위해서는 빼놓을 수 없는 것이지. 예를 들어 사소한 결점을 못 본 체하고, 거슬리는 말이나 행동도 눈감아준다. 일정한 범위 내에서 적극적으로 듣기 좋은 말을 하는 것도 필요하다. 그렇게 하는 편이 친절을 베푸는 경우가 되기도 할 것이다. 듣기 좋은 말을 하면 듣는 쪽도 기뻐하지만, 듣기 좋은 말을 하지 않으면 그 이상 자기를 향상시키지 못하는 경우가 많단다.

어느 집단에든 그 집단의 언어나 복장, 취미나 교양 등을 좌우하는 인물이 있다. 그들은 미모와 기지, 복장, 그 밖의 모든 면에 뛰어날 것이다. 그날의 좌석을 열광시켰는가 하는 것보다도, 좀더 근본적인 차원에서 집단 전체를 이끌고 나갈 만한 인물인가 어떤가가 결정적 요소가 된다. 모든 사람의 눈이 이런 사람에게 집중되는 것은 자연스런 일이다. 또 이런 사람에게는 일종의 위엄감이 있는지도 모른다.

이런 사람을 따르지 않으면 어떻게 되는가? 곧바로 추방된다. 어떠한 재치나 예절, 취미, 옷차림도 그 자리에서 당장 거절당한다. 따라서 이런 사람에 대해서는 아무 생각할 것 없이 따라주는 게 좋다. 약간의 아부도 좋다. 그렇게 하면 강력한 추천장을 받은 것이나 다름없어, 그 집단뿐만 아니라 가까운 이웃 집단에까지 자유로이 출입할 수 있는 통행증을 손에 넣을 수 있다.

상대방에 대한 배려를
항상 기억하라

　다른 사람을 화나게 하기보다 기쁘게 해주고 싶고, 비난을 받기보다 칭찬을 받고 싶고, 미움을 받기보다 사랑을 받고 싶다면 언제나 상대방에 대한 배려를 잊지 말아야 한다. 그것도 아주 조금이면된다. 즉 사람에게는 제각기 대수롭지 않은 버릇이라든가, 취미, 좋고 싫음과 같은 것이 있을 것이다. 그것을 유심히 관찰하여라. 그리하여 좋아하는 것을 그의 눈앞에 내놓고, 싫어하는 것을 감춘다. 예를 들어, "당신이 좋아하는 술을 마련해놓았습니다"라고 말하는 것으로 족하다. 혹은, "그분을 그다지 좋아하시는 것 같지 않아서 오늘은 초대하지 않았습니다"라고 말해도 좋다. 그러한 자연스러운배려가 상대방의 마음을 열게 하고, 자기를 이렇게까지 신경 써주는가 싶어 감격하게 만든다.

이와 반대로 상대가 싫어하는 것을 알면서도 부주의로 그것을 내놓거나 한다면 결과는 명백하다. 상대방은 무시당했다고 오해하여 기분 상해하거나, 푸대접받았다고 생각하여 언제까지나 좋지 않은 감정을 품고 있을 것이다. 아주 사소한 것이라도 무방하다. 사소한 것이면 사소한 것일수록 상대방은 특별한 배려를 느낀다. 오히려 더 큰 배려를 해준 것보다 감격하는 법이다.

너도 아주 사소한 배려가 얼마나 기뻤던가를 생각해보렴. 그리고 인간이라면 누구나 가지고 있는 허영심이 그 일로 얼마만큼 만족되었는가를. 오직 그 사소한 배려로 그 이후 그 사람에게 호의를 갖게 되고, 그 사람이 하는 행위 모두를 호의적으로 받아들이게 되지 않았었느냐? 인간이란 그런 것이다.

상대방이 칭찬받고 싶어 하는 것을 칭찬하라

특정한 사람에게 호감을 얻고, 특정한 사람과 친구가 되고자 한다면, 그 사람의 장점과 단점을 찾아내서 그 사람이 칭찬받고자 하는 점을 칭찬하는 방법도 있다.

사람에게는 실제로 우수한 면과 우수하다고 인정받고 싶은 면이 있는 법이다. 우수한 부분을 칭찬받는 것은 기쁘지만, 그 이상으로 기쁜 것은 우수하다고 인정받고 싶은 부분을 칭찬받는 일이다. 이보다 더 자존심을 만족시켜주는 것은 없다고 해도 좋다.

예를 들어, 정치가로서 뛰어난 재능을 가진 추기경 리슐리외의 경우를 되새겨보기 바란다.

그는 정치가라는 명성에 만족하지 못하고, 뛰어난 시인으로서도 인정받고 싶다는 쓸데없는 허영심을 가지고 있었다. 때문에 위대한 극작가 코르네유프랑스의 극작가이자 시인의 명성을 질투하여 다른 평론가로 하여금 억지로 「르 시드Le cid」의 비평을 쓰게 했다. 이것을 지켜본 아첨꾼들은 리슐리외의 정치 수완에 대해서는 거의 언급하지 않거나, 언급을 해도 극히 형식적인 범위에 그쳐두고, 오로지 시인으로서의 재능을 극구 칭찬했던 것이다.

그들은 그렇게 하는 것이 리슐리외가 자신들에게 호의를 갖게 하는 최고의 명약이라는 것을 알고 있었다. 리슐리외는 정치 수완에는 자신 있었지만 시인적 재능에는 자신이 없었던 것이다.

사람에게는 타인으로부터 칭찬을 받고 싶어 하는 경향이 있다. 그것을 찾아내기 위해서는 유심히 관찰하는 것이 제일이다. 그 사람이 즐겨 화제로 삼는 것을 주의해서 잘 살펴보거라. 사람들은 대개 자기가 칭찬받고 싶은 것, 뛰어나다고 인정받고 싶은 것을 가장 많이 화제에 올리는 법이다. 그곳이 급소다. 그곳을 찌르면 상대방을 공략할 수 있다.

때로는 못 본 척 눈감아 주는 것도 중요하다

그렇다고 오해하지는 말아라. 나는 야비한 아첨으로 사람의 마음을 조종하라고 말하는 것이 아니다. 상대의 결점이나 나쁜 행동까지 칭찬할 필요는 없다. 칭찬해서도 안 된다. 오히려 그런 것은 미워해야 하며, 좋지 않다고 지적해야 한다.

그렇지만 깊이 생각해주렴. 인간의 결점이나 천박하고 주책없는 허영심에 눈을 감고 있지 않으면, 이 세상을 살아갈 수 없단다.

누군가가 실제보다 현명하다고 인정받고 싶다거나, 아름답게 보이고 싶다고 생각했다 해서 다른 사람에게 해를 끼치는 것은 아니다. 오히려 순진하지 않느냐?

사람들에게 그런 생각을 하는 것은 잘못이라고 말해보았자 소용없는 일이다. 그런 말로 불쾌감을 주는 것보다는 차라리 다소의 공치사로 그들을 기분 좋게 해주어 가까이 지내는 편이 낫다.

상대방에게 장점이 있으면 너도 기분좋게 찬사를 보낼 수 있을 것이다. 하지만 자기로서는 그다지 찬성할 수 없는 일일시라도 그 사회에서 인정하는 일이라면, 눈감고 찬성하는 편이 나은 경우도 있는 법이란다.

너는 남을 칭찬하는 재주가 별로 없는 모양인데, 그것은 인간이 얼마나 자기의 생각이나 취미를 인정받고 싶어 하는지, 또한 확실히 잘못된 생각이나 자신의 조그마한 결점까지도 너그럽게 봐주기를 바라고 있는지를 아직 잘 모르기 때문이다. 우리는 자신의 생각뿐만 아니라 버릇이나 복장과 같은 하찮은 것까지도 흠을 잡히면 불쾌하게 생각하고, 인정을 받으면 크게 기뻐하는 법이다.

재미있는 이야기를 소개하마.

악명 높은 찰스 2세의 통치 시대 이야기다. 당시에 대법관을 맡고 있던 샤프츠버리 백작은 대신으로서뿐만 아니라, 개인적으로 왕의 호감을 사고 싶어 했다. 그래서 왕이 여자를 좋아한다는 사실을 알고는 한 가지 계략을 생각해내어 자기도 첩을 두었다(그러나 실제로 그 여자를 가까이하지는 않았다). 그 소문을 들은 왕은 그에게 그것이 사실이냐고 물었다. 그러자 샤프츠버리는, "물론이죠. 그 여자 말고도 첩은 여러 명입니다. 생활에 변화가 있는 편이 즐거우니까요"라고 대답하였다.

며칠 후 일반적인 알현식 때 왕은 멀리 서 있는 샤프츠버리를 보자 주위 사람들에게 말했다.

"모두들 믿을 수 없겠지만, 저기에 있는 마음 약한 작은 사나이가 이 나라에서 제일 가는 난봉꾼이라오."

샤프츠버리가 가까이 다가가자 사람들의 웃음이 터졌다.

"지금 그대 이야기를 하고 있었소"라고 왕은 말했다.

"예? 제 이야기라고요?"

"그렇소. 그대가 이 나라에서 제일 가는 난봉꾼이라고 이야기하던 중이오. 어떻소? 내 말이 틀렸소?"

샤프츠버리는 말했다.

"아, 그 이야기요? 그것이라면 아마 제가 최고일 것이라 믿고 있습니다."

왕이 얼마나 기뻐했는지는 쉽게 상상할 수 있을 것이다.

사람에게는 저마다 특유한 사고방식과 행동양식, 성격과 외모가 있다. 그것들에 대해서는 최소한 입 밖에 내어 이러쿵저러쿵 말하지 않는 것이 일종의 불문율처럼 되어 있다. 따라서 다소 사실과 다르더라도, 그것이 특별히 나쁜 일이거나 위신에 상처를 주는 일이 아닌 한 자진해서 응하는 것도 중요하지 않을까?

보이지 않는 곳에서 칭찬받는 것보다 기쁜 것은 없다

상대방을 가장 기쁘게 하는 칭찬은 다소 전략적이기는 해도 상대방이 듣지 않는 곳에서 하는 칭찬이다. 물론 그냥 뒤에서 칭찬만 하는 것으로는 의미가 없다. 그것이 칭찬한 상대방에게 확실히 전해져야 한다. 따라서 중요한 것은 칭찬한 말을 전해줄 사람을 고르는 일이다. 그 말을 전달함으로써 함께 득을 볼 사람을 찾으면 된다. 그렇게 하면 확실히 전해질 뿐만 아니라, 어쩌면 과장까지 해서 칭찬해줄지도 모른다. 다른 사람에 대한 찬사 중에서 이보다 더 기쁘고 효과적인 것은 없다고 해도 과언이 아니란다.

이상으로 지금까지 말해온 것들은 앞으로 사회생활의 첫발을 내딛을 네가 기분 좋은 교제를 하는 데 꼭 필요한 것들이라고 생각하여도 좋다.

　나도 네 나이 때 이런 것들을 알고 있었더라면 얼마나 좋았을까! 나는 이 정도를 아는 데 35년의 세월이 걸렸단다. 하지만 지금 네가 그 열매를 거두어준다면 더이상 후회는 없다.

진정한 친구가 많아야
최고의 강자

세상에 적이 없는 사람은 없고, 모든 사람들로부터 사랑받는 사람도 없다. 그렇다고 사랑받는 노력을 하지 않아도 된다는 것은 아니다.

나의 오랜 경험에 의하면, 친구가 많고 적이 적은 사람이 이 세상에서 가장 강한 사람이더구나. 그런 사람은 원한을 사거나 질투를 받거나 하는 일이 좀처럼 없어서 누구보다 빨리 출세를 한다. 만일 그 사람이 몰락하더라도 사람들의 동정을 받아 멋있게 몰락하지.

이렇게 생각해보면 친구의 숫자란 우리가 항상 마음에 새겨두고 노력해볼 가치가 있는 하나의 목표 아니겠니?

사람은 머리가 아니라 배려로 자신을 지킨다

이미 세상을 떠난 오몬드^{아일랜드의 정치가} 공작에 대해 들은 적이 있니? 머리는 나빴지만 예의범절에 관해서는 그를 따를 만한 사람이 없었다. 이 나라에서 제일 가는 인품을 자랑했던 분이지.

오몬드 공작은 본래 싹싹하고 상냥한 성격인 데다가 궁정생활과 군대생활에서 몸에 익힌 유연한 말과 행동, 자상한 배려가 있었다. 그 매력은 이 사람의 무능력(거의 모든 분야에 걸쳐서 무능력에 가까웠다)을 보충하고도 남음이 있을 정도였다. 누구에게서도 좋은 평가는 받지 못했으나, 누구에게서나 사랑을 받았다.

그 인품이 가장 뚜렷하게 나타난 것은, 앤 여왕^{스튜어트 왕조 최후의 여왕}이 죽고 나서 불온한 움직임을 보인 사람들이 탄핵 재판을 받게 되었을 당시, 오몬드 공작에게도 같은 행동을 했다는 혐의로 형식상 똑같은 처벌을 할 필요가 생겼을 때였다.

그는 탄핵은 받았지만, 당시 정당 간의 치열한 다툼에도 불구하고, 그 탄핵 자체는 공작을 철저하게 몰락시키려는 신랄한 태도와는 매우 거리가 멀었다. 즉, 오몬드 공작에 대한 탄핵 결의안은 다른 사람에 대한 탄핵안보다도 훨씬 적은 찬성표로 상원을 통과했던 것이다. 그리고 탄핵의 주동자이기도 했던 당시의 국무대신 스탠호프^{영국의 군인 및 정치가, 후에 백작이 됨}가 앤 여왕의 뒤를 이은 조지 1세와 재빨리 교섭하는 등 조정에 나서, 다음 날은 공작을 왕에게 접견시킨다는 계획까지 세워놓았다.

그때 오몬드 공작을 빼앗겨서는 이 소송에 이길 수 없다고 판단한 스튜어트 왕조 부활파의 로체스터 주교가 급히 이 머리 나쁜 가엾은 공작에게 달려가서, "조지 1세와 접견해봤자 불명예스러운 복종을 강요당할 뿐 용서받을 수 없다"고 장담하여 오몬드 공작을 도망치게 했던 것이다.

그 후 오몬드 공작의 특권 박탈이 가결되었을 때에도 그것에 항의하는 군중이 치안을 문란케 하는 등 대소동이 있었다. 공작에게는 적이 없고 호감을 가진 사람이 헤아릴 수 없을 만큼 많았기 때문이다.

어쨌거나 이런 일들의 근본 원인은 공작이 타인을 기쁘게 해주고자 하는 인자한 마음씨를 가지고 있었고, 그것을 몸으로 실천했기 때문이었다.

사랑받고자 하는 노력을 게을리하지 마라

인덕만큼 합리적이고 착실한 의지는 없다. 사람을 끌어올리는 것은 다른 사람들의 호의와 애정, 그리고 선의이다. 이런 것들을 손에 넣기 위해서는 어떻게 하면 좋을까? 먼저 이것들을 손에 넣으려는 노력이 중요하다. 노력하지 않고 얻은 사람은 없지 않느냐.

내가 사람들의 호의나 애정이라고 말하는 것은, 연인들 사이의 감상적인 감정이나 친구 사이의 우정처럼 가까운 사이에만 국한되어 있는 감정과는 다른 것이다. 우리가 온갖 부류의 사람들과 관계를 맺을 때 그 사람에게 알맞은 방법으로 기쁨을 줌으로써 손에 넣을 수 있는, 보다 광범위한 호의, 애정, 선의를 말하는 것이다. 이러한 좋은 감정은 그 사람의 이해와 대립되지 않는 한 언제까지나 계속되는 법이다(그 이상의 호의를 얻을 수 있는 대상은 가족을 포함하여 기껏 두세 명이 될까 말까 할 정도가 아닐까).

나에게 지금까지 살아온 40년 이상의 경험을 가지고 20세부터 인생을 다시 시작해보라고 한다면, 나는 인생의 대부분을 될 수 있는 한 많은 사람에게 사랑받도록 노력하는 데 할애할 것이다.

지난날처럼 자기에게 시선을 주기를 바라는 남성이나 여성의 마음을 사로잡는 데만 정성을 쏟고, 다른 사람은 어떻든 상관없다는 행동은 하지 않겠다. 만일 자기가 겨냥했던 사람의 평가가 잘못되어 있다면(이것은 능력 있는 사람에게는 정말로 흔히 있는 일이다), 그밖의 사람들은 화가 나 있을 것이고, 어느 쪽을 향해야 좋을지 몰라 거리를 헤매게 된다.

그보다는 많은 사람들의 사랑을 받고, 그 속에서 느긋하게 있는 편이 낫다. 그것은 가장 큰 방패다. 남성이든 여성이든 인간이란 인덕에 약한 법이다. 인덕을 방패로 삼고 있는 사람은 성공 가능성도 높고, 그 정도도 크다. 여성도 인덕이 있는 남성에게는 이상하게 마음이 끌리는 법이지.

인덕을 얻는 것은 그다지 어려운 일이 아니다. 우아한 몸가짐, 진지한 눈매, 약간의 배려, 상대를 기쁘게 하는 말, 분위기, 옷차림 등 아주 조그마한 행위가 모이고 모이면 상대의 마음을 사로잡을 수 있다.

내가 지금까지 만난 사람들 중에는 외모는 아름답지만 조금도 내 마음을 사로잡지 못하는 여성, 사리분별은 있지만 아무리 만나도 좋아지지 않는 인물이 많았다. 왜 그런지 너는 알 것이다.

그렇다. 그들은 자기의 아름다움과 능력에 자신이 있었기 때문에, 사람의 마음을 사로잡는 기술을 몸에 익히는 것을 게을리했던 것이다. 이 얼마나 큰 잘못이냐?

나는 별로 아름답다고는 말할 수 없는 여성과 사랑한 일이 있다. 그 여성은 품위가 있고 다른 사람을 기쁘게 하는 방법, 이를테면 마음을 사로잡는 방법을 잘 알고 있었지. 내 생애에서 그녀와의 사랑만큼 열중했던 일은 없었던 것 같구나.

소중한 인생을
이렇게 살아라

Chapter 08

사람의 마음을 사로잡는 기술

튼튼한 골격과 아름다운 장식을
동시에 갖춘 건축물

너라고 하는 작은 건축물도 이제 그 골격이 거의 완성되어가고 있구나. 남은 일은 건물을 아름답게 마무리하는 것. 그것이 너의 임무며, 또한 나의 관심사란다.

너는 온갖 우아함과 소양을 몸에 익혀야 한다. 그것들은 골조가 튼튼하게 되어 있지 않으면 값싼 장식에 불과하나, 골조가 단단하게 서 있으면 건축물을 돋보이게 한다. 그뿐 아니라 아무리 견고한 골조라도 장식이 없으면 매력이 반감되는 경우도 있다.

우아함과 견고함을 함께 갖춘 건축물이 되어라

너는 토스카나 양식 건축이라는 것을 알고 있겠지? 모든 건축 형식 중에서 가장 견고한 양식이다. 하지만 동시에 가장 세련되지 못하고 멋이 없는 양식이기도 하다. 튼튼하다는 점에서 말하자면 대건축물의 기초나 토대에는 안성맞춤이라고 할 수 있지만, 만약 모든 건축물을 이런 식으로 세워버리면 어떻게 될까?

아무도 그 건물에 눈길을 주지 않을 것이다. 그 앞에서 발길을 멈추는 사람도 없을 것이며, 더욱이 안으로 들어가 보려는 사람 또한 없을 것이다. 건물의 정면이 멋없고 딱딱하므로 나머지는 가히 짐작할 수 있겠지. 사람들이 굳이 안으로 들어가서 마무리나 장식을 볼 필요가 없다고 생각하는 것도 무리가 아니다.

그런데 토스카나 양식 토대 위에 도리스 양식이나 이오니아 양식, 코린트 양식 기둥이 늘어서 있어 서로 아름다움을 겨루고 있다면 어떨까? 건축물 따위에는 전혀 흥미가 없는 사람이라도 무의식중에 눈을 빼앗기고, 아무 생각 없이 지나가던 사람이라도 자기도 모르게 걸음을 멈출 것이다. 그리고 그 안이 보고 싶어, 실제로 안으로 들이갈 것임에 틀림없다.

자기를 보다 돋보이게 하는 재능을 연마하라

여기에 한 사람이 있다. 지식이나 교양은 보통이지만, 보기엔 인상이 좋고 말하는 솜씨에도 호감이 간다. 말하는 것과 행동하는 것 모두가 품위 있고, 정중하고 붙임성이 있고…… 등등, 말하자면 자기 자신을 돋보이게 하는 재능이 뛰어난 인물이다.

여기에 또 한 사람이 있다. 지식이 풍부하고 판단력 또한 정확한 사람이다. 하지만 앞에서 말한 사람에게 있는 것과 같은, 자기를 다른 사람에게 돋보이게 하는 재능은 결여되어 있다.

과연 어느 쪽 사람이 세상의 거친 풍파를 잘 헤쳐나갈 수 있을까?

그렇다. 분명히 앞쪽이다. 장식품을 많이 달고 있는 인물이 자기를 장식하려고 하지 않는 사람을 제 마음대로 움직일 것이다.

별로 현명하다고는 할 수 없는 사람들(전 인류의 4분의 3 정도는 그렇지 않을까)의 마음을 사로잡는 것은 언제나 겉모습이다. 그들에게는 예의범절이나 몸가짐이나 사람을 대하는 방법이 전부이다. 내면은 들여다보려고 하지 않는다. 현명한 사람도 마찬가지다. 현명한 사람도 눈이나 귀에 거슬리는 것, 마음을 움직이지 않는 것에 대해서는 머리도 따라가지 않는 법이거든.

처음부터 끝까지 품위를 유지하라

사람의 마음을 사로잡고 싶다면 먼저 오감에 호소하는 것이 중요하다. 눈을 즐겁게 해주고, 귀를 즐겁게 해준다. 그렇게 해서 이성을 꼼짝 못하게 한 뒤 마음을 빼앗는 것이다.

그런 의미에서는 '처음부터 끝까지 품위를 유지하라'고 말하고 싶다. 똑같은 일이라도 품위가 느껴지는 것과 그렇지 않은 것과는 받아들이는 데에서 하늘과 땅만큼 차이가 있다.

생각해보렴. 대답하는 것이 침착하지 못하고, 옷차림도 단정치 못하며, 말을 더듬거리거나, 작은 목소리로 우물쭈물하고, 단조롭고, 동작에도 주의가 부족한…… 그런 사람을 만난다면 맨 처음 어떤 인상을 가지겠느냐? 그 사람에 대해 아무것도 모르고 있지만, 또 어쩌면 그 사람이 굉장히 훌륭한 것을 가지고 있는지도 모르겠지만, 그 사람의 내면까지 상상해볼 마음의 여유도 없이 그 사람을 마음속에서 거부해버리는 것은 아닐까? 그런데 그와는 반대로 말과 행동거지 모두에서 품위를 느낄 수 있다면 어떨까? 내면 같은 것은 몰라도 그 사람을 본 순간 마음을 빼앗겨, 그에게 호의를 갖게 되어버리는 것은 아닐까?

무엇이 그토록 사람의 마음을 끄는가를 설명하기는 어렵다. 하지만 한 가지 말할 수 있는 것은, 말로는 설명할 수 없는 무엇인가가, 즉 사소한 동작이나 사소한 말이, 그것 하나만으로는 그리 빛나지 않지만, 많이 모이면 찬란하게 빛을 발해, 그것이 사람의 마음을 사로잡고 놓아주지 않는다는 것이다. 마치 모자이크가 한 조각만으로는 아름답지 않지만, 모이면 하나의 무늬가 되어 아름다움을 뽐내는 것과 비슷하다.

산뜻한 옷차림, 부드러운 태도, 절도 있는 대응, 듣기 좋은 목소리, 밝은 표정, 상대방의 비위를 맞추면서도 분명하게 의사표시를 하는 말솜씨 등…… 이런 것들 하나하나가 사람의 마음을 사로잡고 놓지 않는 작은 요소임에 틀림없다. 적어도 나는 그렇게 생각한다.

타인의 장점을
자기 것으로 만들어라

　사람의 마음을 사로잡는 행동은 누구든지 몸에 익힐 수 있다. 훌륭한 사람들과 자주 어울릴 수 있는 입장에, 기회가 주어지면, 또한 자기에게 그럴 마음만 있으면 반드시 할 수 있다. 자기 마음에 드는 훌륭한 사람들의 말과 행동을 주의해서 관찰하여, 왜 그들이 좋은 인상을 주는가를 생각하여 그대로 해본다. 그러면 너도 할 수 있다.

　대개는 여러 가지 장점이 한데 어우러져 있는 경우가 많지만, 그 하나하나는, 예를 들어 겸손하지만 당당한 태도이기도 하고, 비굴하지 않게 경의를 표시하는 방법이기도 하고, 우아하고 거만하지 않은 몸놀림이나 절도 있는 차림새이기도 할 것이다.

　아무튼 그것을 알았으면 일단 흉내를 내라. 다만 그때 자기의 개성을 버린 채 흉내 내서는 안 된다. 위대한 화가도 처음에는 다른 화가의 작품을 본떠 그리듯이, 아름다움이라는 관점에서나 자유라고 하는 관점에서나, 결코 원작보다 뒤떨어지지 않도록 공을 들여 모방해야 한다.

본보기를 잘 관찰하여 흉내 내라

모든 사람들로부터 예의범절도 훌륭하고 호감가는 인물이라고 인정받는 사람을 만나면, 그 사람을 주의 깊게 관찰해보렴.

윗사람에게는 어떤 행동과 말씨로 대하는가, 자기와 지위가 같은 사람과는 어떻게 교제를 하는가, 자기보다 지위가 낮은 사람은 어떻게 대하는가를 눈여겨보면 좋다.

또한 오전 중에 누군가를 방문할 때에는 어떠한 내용의 이야기를 하는지, 식탁에서나 저녁 모임에서는 어떤지 등을 제대로 관찰하여 그대로 해보는 것이다. 그렇다고 무턱대고 흉내만 내서는 안 된다. 그 사람의 복세물이 되어야 한다.

그렇게 노력하다보면 그 사람이 남을 가볍게 여기거나 무시하는 일, 자존심이나 허영심을 손상시키는 일은 절대로 하지 않는다는 것을 알게 될 것이다. 그와 동시에 상대하는 사람에 따라서 경의를 표하거나, 좋은 평가 또는 배려를 하는 등으로, 상대방을 기쁘게 하여 마음을 사로잡는다는 것도 알 수 있을 것이다.

결론적으로, 뿌리지 않은 씨는 절대로 싹이 나지 않는 법이다. 호감을 가질 수 있는 인물도 정성을 다해 씨를 뿌려 풍성하게 맺은 열매를 수확하고 있는 것에 불과하다.

호감을 얻을 수 있는 언행은, 실제로 흉내를 내다보면 반드시 몸에 익힐 수 있다. 그것은 지금의 자신을 뒤돌아보면 쉽게 알 수 있다. 지금 모습의 반 이상이 그런 모방으로 이루어져 있는 것은 아닐까? 중요한 것은 훌륭한 본보기를 선택하는 일, 그리고 무엇이 좋은 본보기인가를 판별하는 일이다.

인간이란 평소 자주 이야기를 나누는 상대의 분위기나 태도, 장점이나 단점뿐만 아니라, 사고방식까지 무의식중에 받아들이는 법이다. 내가 알고 있는 몇몇 사람들 중에도 그 자신들은 그다지 총명한 두뇌를 가진 것도 아닌데, 평소 현명한 사람들과의 교제 덕분에 생각지도 못한 멋있는 기지를 발휘할 때가 있다.

내가 항상 말하는 것처럼, 너도 훌륭한 사람들과 교제하면 그다지 신경을 쓰지 않아도 모르는 사이에 그들과 똑같이 될 것이다. 거기에 집중력과 관찰력이 더해지면 금상첨화, 곧 그들과 대등해지게 된다.

어떤 사람이든 너의 스승이 될 만한 장점이 있다

자기 주위에 호감을 느낄 만한 사람이 없다면 어떻게 해야 할까? 그렇다면 누구라도 좋으니, 자기 주변에 있는 사람을 유심히 관찰해라. 아무리 훌륭한 사람도 모든 장점을 다 갖추지 못하는 것과 마찬가지로, 아무리 보잘것없어 보이는 사람이라도 반드시 좋은 점 한 가지는 가지고 있다. 그것을 흉내내면 된다. 그리고 좋지 않은 부분은 자신을 비춰보는 거울로 삼으면 된다.

호감을 얻는 사람과 그렇지 못한 사람의 차이는 무엇일까? 그것은 말과 행동, 즉 그 내용은 똑같아도 태도가 전혀 다른 것이며, 그것이 바로 호감을 얻는 이유이다. 세상 사람들에게 환영받는 인물도 품위를 전혀 느낄 수 없는 인물도, 말하고 움직이고 옷을 입고 먹고 마시는 것은 모두 마찬가지다. 다른 것은 그 방법과 태도뿐이다.

그러므로 어떠한 화술이나 걸음걸이, 식사방법 등이 다른 사람에게 나쁜 인상을 주는지를 잘 관찰하면, 자신은 어떻게 해야 좋을지 자연히 알게 될 것이다.

사람의 마음을
사로잡는 방법

실제로 사람의 마음에 호소하려면 어떻게 하면 좋을까?

이것에 대해 몇 가지 항목으로 나누어 정리해보았다. 너에게 참고가 된다면 참으로 다행이겠구나.

품위 있게 행동하라

얼마 전에 너를 항상 칭찬해주시는 하비 부인의 편지를 받았다. 어떤 모임에서 춤을 추고 있는 너를 보았는데, 아주 품위 있고 아름다운 몸놀림이었다는 것이 그 편지의 내용이었다. 나는 매우 기뻤다. 왜냐하면 춤을 품위 있고 아름답게 출 수 있다면, 일어서는 것도, 걷는 것도, 앉는 것도 품위 있게 할 수 있음에 틀림없다고 생각하기 때문이다.

품위 있게 일어선다, 걷는다, 앉는다는 것은 동작으로는 단순하지만, 춤을 잘 추는 것보다 훨씬 중요한 일이다. 내가 아는 사람 중에는, 춤은 서투른데 몸동작이 아름다운 사람은 있지만, 춤을 잘 추는데 몸동작이 보기 흉한 사람은 한 명도 없단다.

품위 있게 일어설 수 있고, 품위 있게 걸을 수도 있지만, 품위 있게 앉을 수 있는 사람은 그리 많지 않다. 사람 앞에 나서면 기가 죽는 사람이 있는가 하면, 부자연스럽게 등을 세우고 딱딱한 자세로 앉는 사람도 있다. 싹싹하고 조심성 없는 성격의 사람은 의자에 온몸을 맡기듯 기대어 앉는다. 이런 자세는 상당히 친한 사이가 아니면 좋은 인상을 주지 못한단다.

모범적으로 앉으려면 먼저 마음을 편하게 가지고, 또 겉으로도 그렇게 보이도록 하면서, 온몸을 의자에 맡기지 말고 여유 있게 앉아라. 딱딱한 부동자세를 취하는 것이 아니라, 몸에서 힘을 빼고 자연스럽게 말이다. 너는 할 수 있을 것이다. 만약 그렇지 않다면 가능한 한 이에 가까워지도록 연습하는 것이 좋다.

아주 사소한 동작의 아름다움은 여성뿐만 아니라 남성의 마음까지도 사로잡는 법이다. 그것은 직장에서도 마찬가지다. 우아한 동작이 얼마나 사람의 마음을 사로잡는지 명심할 일이다.

품위 있게 행동하는 것은 공공장소에서만 한정되는 것은 아니다. 일상의 장소에서도 마찬가지다. 평소에 작은 일이라고 우습게 여기면, 막상 필요할 때 하지 못하게 된다. 커피 한 잔을 마시더라도 찻잔을 드는 방법 때문에, 찻잔 속에서 커피가 출렁거리는 일이 있어서는 안 된다.

옷차림만으로도 사람의 인격을 알 수 있다

이제 너도 네 옷차림에 신경 써야 할 나이다. 나는 옷차림을 보면 아무래도 그 사람의 인격을 헤아리게 되더구나. 다른 사람들도 그렇지 않을까?

나는, 상대의 옷차림에서 조금이라도 잘난 척하는 분위기가 느껴지면 그 사람의 사고방식도 약간 비뚤어져 있지 않을까 하고 생각한다.

예를 들면 현재의 영국 젊은이들은 옷차림으로 자기주장을 하고 있는 것 같다. 거창하게 차려입는 것을 좋아하여 화려한 복장을 하고 있는 사람을 보면, 내용이 없음을 감추기 위해서 일부러 위압적인 차림을 하고 있는 것 같아 기분이 나빠진다. 한편, 옷차림에는 전혀 신경을 쓰지 않아 궁정 사람인지 마부인지 통 구별할 수 없는 차차림새의 사람 역시 그 속 알맹이를 의심하지 않을 수 없다.

사리분별이 분명한 사람은 옷차림이 너무 개성적이지 않도록 마음을 쓰는 법이다. 자기만 특별하게 눈에 띄는 옷차림은 하지 않는다. 그 지역의 지식인이나 그 사회의 사람들과 똑같은 정도의 옷차림과 치장을 한다.

옷차림이 지나치게 화려하면 들떠 보이고, 너무 초라하면 옷차림에 신경을 쓰지 않는 것이 되어 실례가 된다.

내 생각에, 젊은이는 초라하기보다는 약간 화려하다고 할 정도가 좋다. 화려한 옷차림은 나이가 들면 조금씩 수수해지기 때문이다. 40대에는 사회에서 밀려나는 사람이 되고, 50대에는 남이 귀찮아하는 사람이 되어버린다. 따라서 주위 사람들이 화려한 옷차림을 하고 있을 때에는 자신도 화려하게, 간소하게 하고 있을 때에는 자신도 간소하게 하는 것이 좋다. 그러나 언제나 바느질이 잘 되어 있고 몸에 꼭 맞는 옷을 입어야 한다. 그렇지 않으면 어색하고 부자연스러워 보인다. 그리고 일단 그날 입을 옷을 결정하고, 그 옷을 입었으면 더 이상 옷차림에 대해서 생각지 말아라. 조합이 이상하지 않은가, 색깔 조화는 어떠한가 등등을 생각하고 있으면 동작이 딱딱해진다. 일단 몸에 걸치고 나면 두 번 다시 그 옷은 생각지 말고 아무 것도 걸치고 있지 않은 것처럼 자연스럽고 기분 좋게 행동해라.

그리고 헤어 스타일에도 신경을 써야 한다. 헤어 스타일은 옷차림의 일부다. 또 양말은 흘러내리게 하지 말고, 구두끈은 확실하게 매어 신어라. 지저분한 발만큼 점잖지 못한 인상을 주는 것은 없으니 말이다.

다른 사람에게 좋은 인상을 주려면 무엇보다 청결이 중요하다. 너는 손이나 손톱을 항상 깨끗하게 하고 있느냐? 식사 후에 이는 반드시 닦고 있느냐?

이는 특히 중요하다. 언제까지나 자기 이로 음식을 씹을 수 있기 위해서도, 그 견디기 어려운 치통을 경험하지 않기 위해서도 주의를 게을리해서는 안 된다. 그리고 이가 나빠지면 고약한 입냄새를 풍기기 때문에 주위 사람들에게도 실례가 된다.

너는 제법 건강한 이를 가지고 있는 것 같지만, 나는 그렇지 못하단다. 젊었을 때 주의를 게을리했기 때문에 지금은 엉망이다. 식사가 끝나면 따뜻한 물과 부드러운 칫솔로 4~5분 동안 닦고, 매일 5~6회 양치하는 습관을 들이면 좋다. 치열에 대해서는 그곳에 유명한 전문의가 있다고 들었다. 하루라도 빨리 찾아가서 이상적인 치열이 되도록 교정하렴.

먼저 표정을 연마하면 마음도 자연히 연마된다

사람의 마음을 사로잡는 요인에는 여러 가지가 있다. 그중에서도 가장 효과적이고, 확실하게 사람의 마음을 붙잡는 것은 표정일 것이다. 그런데 너는 이것을 전혀 모르고 있는 것 같구나.

일반적으로 사람은 조금이라도 자기 용모에 불만족스런 부분이 있으면 그것을 감추고 보충하려고 필사적으로 노력하는 법이다. 그다지 잘생기지 못한 용모로 태어난 사람이라면 더욱 그렇지. 조금이라도 좋게 보이려고 고상한 행동을 하고, 상냥하게 미소도 지어

보면서(대부분은 밀턴의 『실락원』에 등장하는 악마처럼 더욱 무서운 형상이 되지만), 눈물겨울 정도로 노력하고 있다.

그런데 너는 하느님께서 주신 용모를 고맙게 생각하지 않을뿐더러, 그것을 모독하고 있는 것 같다. 도대체 너의 얼굴 모습과 그 표정은 어떻게 된 것이냐? 네 딴에는 남자답고, 사려 깊고, 결단력이 풍부한 표정을 하고 있다고 생각하는지 모르지만 그건 당치도 않은 착각이다. 크게 칭찬해서 봐준다고 해도, 날마다 구령만 붙이며 위엄 있게 보이려고 애쓰는 하사와 똑같은 얼굴이다.

내가 알고 있는 어떤 젊은이는 국회의원으로 선출된 지 얼마 되지 않았을 때, 자기 방에서 거울을 보고 표정과 동작 연습을 하고 있는 장면을 들켜 웃음거리가 된 적이 있다. 하지만 나는 웃을 수가 없었다. 오히려 이 젊은이가, 비웃고 있는 사람들보다 훨씬 사리판단을 잘하고 있다고 생각했다. 공공장소에 나갔을 때 표정과 동작이 얼마나 중요한가를 그는 잘 알고 있었으니 말이다.

이런 말을 하면 너는 분명 이렇게 말하겠지.

"그렇다면 온화한 표정이 되도록 하기 위해, 하루 온종일 신경을 쓰고 있으라는 말씀이세요?"

그에 대해 대답하겠다. 하루 종일 신경을 쓰라는 것이 아니다. 2주일 정도면 충분하다. 2주일 동안이라도 좋으니 좋은 표정을 지을 수 있도록 노력하기 바란다. 그렇게 하면 그 후는 표정을 의식하지 않아도 된다. 너는 하늘에서 받은 얼굴이기 때문이다. 지금까지 무관심으로 모독해온 것의 절반만이라도 좋으니 노력하도록 해라.

우선 눈가에는 항상 부드러운 표정을 지을 수 있도록 해라. 그리고 전체적으로는 미소 짓고 있는 듯한 표정이 좋다. 그런 뜻에서 성직자의 표정을 조금 본떠보면 어떨까? 선의가 넘치고, 자애로 가득 차고, 엄숙하면서도 열정이 담긴 표정, 이러한 표정은 사람의 마음을 끌어당기는 큰 매력을 가지고 있다고 생각하는데, 너는 어떠니? 물론 표정만 좋은 것은 아니다. 대개 사람의 표정에는 마음이 뒤따르고 있다. 마음이 뒤따르고 있다고 생각하기 때문에 그들의 표정이 다른 사람들의 마음을 사로잡아 호감을 가지게 하는 것이다.

이렇게 말해도 표정을 바로잡는 일을 귀찮다고 생각하겠니?

1주일 동안 단 30분만 노력하면 되지 않느냐. 그렇다면 너에게 묻겠는데, 너는 왜 그렇게 능숙하게 춤추는 방법을 배웠느냐? 그것도 귀찮은 일이었을 테고, 적어도 의무는 아니었을 텐데. 아마도 너는 이렇게 대답하겠지.

"사람의 마음을 사로잡기 위해서입니다."

정답이다. 그렇다면 너는 왜 좋은 옷을 입고, 머리를 파마했느냐? 그 역시 귀찮은 일이 아니더냐? 그런데 왜 그런 것에 신경을 쓰지? 너는 대답하겠지.

"사람들에게 좋은 인상을 주기 위해서입니다."

그것도 정답이다. 그것을 알고 있다면, 그 다음은 도리에 따라서 행동하면 된다. 춤이나 옷차림이나 머리 모양보다 더 근본적인 표정을 연구하도록 해라.

표정이 나쁘면 춤도 옷차림도 머리 모양도 망쳐버린다. 더욱이 네가 춤추는 것은 기껏해야 1년에 6~7회 정도지만, 너의 표정은 365일 하루도 빠지지 않고 사람들의 눈에 노출되어 있지 않느냐.

타인에게 호감을 사기 위해
끊임없이 노력하고 연구하라

다음에 늘어놓은 것들을 몸에 익힐 수 없다면, 아무리 풍부한 지식을 몸에 지니고 있어도, 또 아무리 약삭빠르게 처신을 해도, 생각대로 일이 이루어지지 않을 것이다. 지금이야말로 바로 이 장식을 몸에 익힐 때다. 지금 이것을 익히지 못하면 평생 익히지 못할 것이다. 그러므로 다른 일들은 모두 뒤로 미루고, 지금은 이 일에만 집중해야 한다. 튼튼한 틀과 매력적인 장식이 합쳐진다면 그보다 훌륭한 것은 없을 테니까.

내가 너에게 외면을 장식하라고 열심히 가르치고 있다는 것을 안다면, 융통성 없는 획일적인 인간이나 세상을 등진 현학적 인간은 도대체 어떻게 생각할까? 아마 매우 경멸하는 듯한 표정을 지으면서 "아버지가 자식에게 주는 교훈이라면 그보다 훨씬 좋은 것이 얼마든지 있을 텐데……"라고 말할 것임에 틀림없다.

아마도 그들의 사전에는 '호감을 갖는다'라든가 '타인에게 호감을 주는' 등의 말은 없을 것이다. 하지만 현실적으로 이런 말이 존재한다는 것은 그만큼 사람들이 '호감을 산다'는 것을 화제로 삼고, 그것에 관심을 가지며, 그것을 바라고 있기 때문이다. 결코 무시하여 그냥 넘겨버릴 일이 아니다.

예의범절에 대해서

내가 평소에 생각하고 있던 일이지만, 세상 젊은이들 가운데 그처럼 무례한 젊은이가 많은 것은, 그 부모들이 예의범절을 가볍게 보고 있거나, 아니면 그런 일에 전혀 관심이 없거나, 그 둘 중 하나일 것이다.

그들은 기초교육과 대학교육, 그리고 유학에 이르기까지 교육은 다 시키지만 자식들에게 무관심하거나 부주의하여 각 교육과정에서 자기 자식이 어떻게 성장하고 있는가를 관찰하지 않고, 또는 관찰했다 하더라도 그것을 판단하는 일 없이, 그냥 속절없는 세월만 보내고 있는 것이다. 그리고 자신을 안심시키기 위해서 이렇게 혼자 중얼거리지.

"괜찮아, 다른 아이들과 마찬가지로 잘 하고 있을 거야……."

그런데 다른 아이들과 마찬가지로 학교에 다니고 있는 것은 사실이지만, 잘해나가고 있는 것은 아니다. 그들은 학창시절에 몸에 익힌 어린아이 같은 저속한 장난을 어른이 되어서도 그만두지 못한다. 대학에서 몸에 익힌 편협한 태도를 바꾸지 못한다. 유학 중에 몸에 익힌 거만한 태도를 고치지 못하는 것이다.

그런 점은 부모가 주의를 주지 않으면 달리 주의를 줄 사람이 없다. 부모에게서 주의를 받지 못한 젊은이들은 자기가 눈을 가리고 싶을 정도의 못난 태도를 몸에 가지고 있는 줄도 모른 채 꼴사납고 무례한 행동을 계속하는 것이다.

앞에서도 여러 번 말했지만, 자식의 예의범절이나 사람을 대하는 태도에 대해서 이렇다 저렇다 말해줄 수 있는 사람은 오직 아버지 뿐이다.

그것은 자식이 어른이 되어서도 마찬가지다. 아무리 친한 친구라도 아버지와 같은 경험은 없거니와, 주의 같은 것은 줄 수 없다.

너는 나처럼 충실하고 우호적이며 눈이 밝은 감시자가 있어서 다행이다. 내 눈을 피할 수 있는 것은 하나도 없다고 해도 좋을 것이다. 네 결점이 나타나면 그것을 재빨리 발견하여 고치도록 지시를 해주고, 반대로 장점이 있으면 재빨리 발견하여 박수를 보내주니 말이다. 그것이 아버지로서의 나의 의무라고 생각한다.

학문으로 터득할 수 없는 교육이
중요한 이유

인간이란 원래 완벽한 존재가 아니다. 가능하다면 네가 완벽한 모습을 갖추길 바랐고, 네가 태어난 이후 내가 너에게 품고 있었던 소원을 실현시키기 위해서 한결같이 노력해왔다. 그 어떤 수고도 마다하지 않았거니와 비용도 아끼지 않았다. 교육은 인간을 타고난 자질을 몇 단계 끌어올려 줄 수 있다는 짐을 알고 있기 때문이다. 그것은 너도 경험을 통해 잘 알고 있을 것이다.

사람을 존중하는 착한 마음씨를 길러라

우선 내가 너에게 한 일은, 아직 판단력이 없는 동안에 선을 사랑하는 마음과 사람을 존중하는 마음을 심어주는 일이었다. 너는 그

215

것을 마치 문법을 외듯 기계적으로 몸에 익혔다. 그리고 지금은 네 자신의 판단으로 그렇게 하고 있다. 물론 선을 행하는 일이나 사람을 존중하는 일 등은 당연한 일로, 보통 사람들이 배우지 않고서도 하는 일이기는 하다만…….

샤프츠버리 경은 매우 적절하게도 이렇게 말하였다.

"나는 사람들이 보기 때문에 선을 행하는 것이 아니라 나 자신을 위해 선을 행한다. 그것은 사람들이 보기 때문에 청결하게 하는 것이 아니라, 바로 나 자신을 위하여 청결하게 하는 것과 마찬가지다."

그래서 나는 너에게 판단력이 생긴 후로는 선을 사랑하라는 말 따위는 단 한 마디도 하지 않았다. 그것은 당연한 일이기 때문이다.

그 다음으로 내가 생각해둔 것은, 너에게 실질적이며 한쪽으로 치우침이 없는 교육을 베푸는 일이었다. 이것도 처음에는 나, 그 다음에는 하트 씨, 그리고 최근에는 네 자신의 힘으로 예상했던 것 이상의 성과를 올렸다. 나의 기대에 네가 충분히 따라주었다고 할 수 있지.

그리고 이제, 마지막으로 남아 있는 것이 사람과 사귀는 방법, 곧 예의범절을 가르치는 일이다. 이것을 모르면 가까스로 몸에 익힌 것이 불완전하게 되고, 빛을 잃어 어떤 면에서는 헛된 일이 되어버릴 것이다.

그런데 유감스럽게도 너는 이 점이 부족하더구나. 이 편지는 그 점에 중점을 두면서 쓰기로 하겠다.

먼저 자신을 억제하고 상대방에게 맞추어라

너와 내가 잘 아는 어떤 분은 '예의란 서로 조금씩 자신을 억제하고 상대방에게 맞추려 하는, 분별과 양식 있는 행위'라고 멋지게 설명하고 있다. 이 말에 이의를 제기하는 사람은 없을 것이다. 오히려 분별과 양식 있는 사람(너도 그중 한 사람이다)이라고 해서 누구나 예의 바른 사람이 될 수 있는 것이 아니라는 점에 놀랄 것이다.

예의를 어떻게 확실히 나타내는가 하는 점은 사람이나 지역, 환경에 따라 큰 차이가 있다. 그것은 실제로 자신의 눈으로 보고 귀로 듣지 않으면 알 수 없는 일이다. 그렇지만 예의를 존중하는 마음 그 자체는 어느 시대, 어디를 가나 변함이 없다. 따라서 뜻이 있느냐 없느냐가 예의 바른 사람이 되느냐 못 되느냐의 열쇠가 된다.

예의가 특정 사회에 미치는 영향은 도덕이 사회 전반에 미치는 영향과 비슷하다. 그것은 사회를 하나로 묶고, 안정성을 높인다는 것이다. 비슷한 것은 그것뿐만이 아니다. 일반 사회에서는 도덕적 행위를 권장하기 위해서(또는 적어도 부도덕한 행위로부터 몸을 시키기 위해서), 법률이라는 것이 있다. 그와 마찬가지로 특정한 사회에도 예의 바른 행위를 권장하고, 무례를 훈계하기 위한 암묵적인 규율 같은 것이 있다.

이렇게 말하면 법률과 암묵적인 규율을 동일시한다고 놀랄지도 모르지만, 나에게는 공통적인 것처럼 생각된다. 다른 사람의 소유지에 침입한 부도덕한 인간은 법에 의해서 벌을 받을 것이다. 마찬가지로 다른 사람의 평화로운 사생활에 함부로 침입한 무례한 인간 역시 사회 전체의 암묵적인 합의에 의해 추방당하게 되는 것이다.

문명사회에 살고 있는 인간은 친절하게 행동하고, 상대에게 주의를 기울이고, 약간의 희생을 치른다는 것을 누구에게 강요받는 것이 아니라, 자연적으로 몸에 익히는 일종의 암묵적 협정 같은 것이다. 그것은 왕이 신하를 감싸고 보호하는 대신, 신하는 충성과 복종이라는 암묵의 협정으로 맺어져 있는 것과 조금도 다를 것이 없다. 어느 쪽이든 그 협정을 어긴 자가 협정에서 생기는 이익을 박탈당하는 것은 당연하다.

예의를 잘 지킨다는 것은, 선행 다음으로 사람들의 마음을 사로잡는 것이라 생각한다. 나 자신도, '아테네의 장군 아리스테이데스^{청렴함으로 유명했던 고대 그리스의 정치가}와 같다'는 찬사를 들으면 가장 기쁘지만, 그 다음으로 기쁘게 생각하는 것은 '예의 바른 사람'이라는 말을 듣는 것이다. 그만큼 예의는 중요하다.

상황에 알맞는
예의범절을 습득하라

예의 전반에 대한 이야기는 이 정도로 해두고, 다음은 상황에 맞는 예의범절에 대해 이야기해야겠구나.

윗사람에게는 항상 예의를 갖춰 행동하라

윗사람임이 명백한 사람, 공적인 지위가 높은 사람에게 예의를 소홀히 하는 사람은 없다. 문제는 그것을 어떻게 표현하느냐이다. 분별 있고 인생 경험이 많은 사람은 어깨에 힘을 주지 않아도 자연스럽게 최대한의 예의를 표현할 수 있다. 그런데 훌륭한 사람들과 별로 교제해본 적이 없는 사람들은 실로 어색하여 옆에서 보고 있기에 애처로울 정도로 안절부절못한다.

물론 존경하는 사람 앞에서 볼썽사나운 자세로 의자에 걸터앉거나 휘파람을 불거나, 머리를 박박 긁거나 하는 무례한 행위를 하는 사람은 없다. 윗사람 앞에서 주의해야 할 일은 단 한 가지, 너무 긴장하지 말고 우아하게 예의를 다해야 한다. 이것은 좋은 본보기를 관찰하여 실제로 따라함으로써 몸에 익혀두는 수밖에 방법이 없다.

편한 모임에서는 반드시 기준을 지키는 것이 좋다

특별히 윗사람이 없는 사람들 모임에서는 적어도 잠시 동안은 초대받은 모두가 같은 입장이라고 보아도 좋다. 이 경우에는 경외를 표해야 할 사람은 처음부터 없는 셈이므로 그만큼 행동이 자유로울 수 있고 긴장해야 할 일도 적어진다.

그러나 어떠한 교제에든 꼭 지켜야 할 기준이라는 것이 있다. 이 경우에는 그것을 지키기만 하면 우선 무난하다고 할 수 있다.

하지만 잊어서는 안 될 것은, 특별히 주의하지 않으면 안 되는 사람이 없는 대신에, 누구나 일반적인 예의나 배려를 기대하고 있다는 점이다. 그러므로 주의가 산만하거나 무관심한 것은 허용되지 않는다.

예컨대 누군가가 다가와서 지루한 이야기를 시작했다고 해도 너는 일단 정중하게 대하지 않으면 안 된다. 무심코 이야기를 건성으로 듣거나 해서 상대를 무시하고 있다는 것이 드러나면, 아무리 대등한 입장이라 하더라도 그것은 크나큰 결례가 된다.

　이것은 상대가 여성인 경우 더욱 그렇다. 어떠한 지위에 있든 여성이라면 주목받는 것만으로는 충분하게 여기지 않고 아부에 가까운 배려를 기대한다. 그들의 사소한 소원, 이를테면 좋아하고 싫어하는 것, 취미나 변덕뿐만 아니라 건방진 태도에까지 신경을 써야 한다. 가능하면 그녀가 무엇을 원하는가를 추측해서 먼저 이야기를 꺼낼 줄 알아야 한다. 예의 바른 사람은 모두 그렇게 하고 있다.

　편한 사람들 모임에서 예의를 다하기 위해서는 어떻게 해야 하는가를 하나하나 열거하자면 한도 끝도 없을 테고 너에게도 실례라고 생각되니, 이쯤에서 그만하겠다. 그 뒤의 일은 너의 양식으로 판단하고, 무엇이 이로운가를 생각하면서 행동하기 바란다.

신분이나 지위가 낮은 사람을 적으로 만들지 마라

　혹시, 너는 네 방을 청소해주거나 구두를 닦아주는 고용인보다 네 자신이 태어나면서부터 우수하다고 생각하고 있지는 않니?

　너는 하늘이 너에게 주신 행운에 감사해야 한다. 그러나 불우하게 태어난 사람들을 멸시하거나, 쓸데없는 말로 그들의 불운을 상기시키는 일을 해서는 안 된다.

　나는 나와 비슷한 사람을 대할 때보다 신분이나 지위가 낮은 사람을 대하는 태도에 더 신경을 쓴단다. 그것은 그 사람의 노력이나 실력 등과는 아무 상관없는, 단지 운명으로 인한 신분이나 지위의 차이를 새삼스레 의식케 함으로써 내가 하찮은 자존심을 만족시키고 있는 것처럼 오해받고 싶지 않기 때문이다.

그런데 젊은이들은 거기까지 생각이 미치지 못하는 것 같다. 명령적인 태도나 권위가 잔뜩 담긴 단정적인 말투를 써야 용기 있는 사람이나 기개 있는 사람이라고 오해하는 것 같더구나. 생각이 미치지 않는 것은 조심성이 부족한 탓도 있지만, 일반적으로 신경을 쓰려고 하지 않아서다. 신분이 낮다고 업신여김을 당한다는 느낌을 받으면 상대방은 두고두고 적의를 품게 된다. 물론 이럴 경우, 잘못한 것은 젊은이 쪽이다. 상대가 화를 내는 것도 무리가 아니다.

젊은이들은 신분이나 지위가 낮은 사람에게는 주의하지 않고 지인이나 한층 뛰어난 사람들, 즉 지위가 높은 사람, 유별나게 아름다운 사람, 인격자 등에만 신경을 쓴다. 그리고 그 밖의 사람은 주목할 만한 가치가 없다는 듯, 보통의 예의조차도 지키려 하지 않는다.

사실을 말하자면 나 역시 네 나이 때는 그러했다. 매력적인 일부 사람들의 마음을 사로잡는 데에만 필사적이었고, 나머지 사람들에게는 일반적인 예의조차도 지킬 필요가 없다고 생각했지. 그래서 각료나 지식인이나 빼어난 미인 등 화려하고 돋보이는 인물에게만 예의를 갖추고, 어리석게도 그 외의 사람에게는 전혀 예의를 지키지 않아서 그 모두를 화나게 만들어버렸다.

이런 어리석은 행동으로 나는 남성이나 여성이나 많은 적을 만들어버렸다. 별 볼일 없는 사람이라고 생각했던 그들이 내가 가장 좋은 평판을 얻고 싶어 했던 장소에서, 결정적으로 나에 대한 평가를 깎아내린 것이다. 나는 그들에게 오만한 인간으로 각인되어 있었다. 사실은 분별이 모자랐을 뿐이었지만.

옛 격언에 '인심을 얻은 왕이야말로 가장 마음 편하게 권력을 오래 유지할 수 있다'라는 말이 있지. 신하에게 인심을 얻는 것은 어떠한 강력한 무기를 얻는 것보다 든든하다는 말이다. 즉, 신하의 충성을 원하거든 신하가 두려워하는 대상이 되기보다 오히려 호감을 얻으라는 뜻이지.

사람의 마음을 사로잡는 방법을 알고 있다는 것은 무엇보다도 강한 힘을 가지고 있는 것과 다름없다.

아무리 좋은 원석도 갈고 닦아야 보배가 된다

지금부터 하고 싶은 이야기는, 그런 곳에서 실수할 리가 없다고 방심하여 뜻하지 않은 실패를 한 경우다. 다시 말해 이것은 아주 친한 친구나 지인에 대한 행동에 관해서다.

친한 사이에서는 편안한 기분을 가져도 좋다. 또 그러는 것이 당연하다. 그러한 관계가 사생활에 편안함을 주는 것도 사실이다.

그러나, 그렇다고 해서 보통의 경우라면 절대로 발을 들여놓아서는 안 되는 영역에까지 발을 들여놓아도 좋다는 뜻은 아니다. 말하고 싶은 대로 제멋대로 지껄이면 즐거워야 할 대화도 금방 시들해 져 버린다(자유가 지나치면 뜻하지 않게 몸을 망쳐버리는 경우와 같다).

한 가지 확실한 예를 들어보마.

나와 네가 같은 방 안에 있다고 하자. 나는 내가 무슨 일을 해도 상관없다고 생각하고, 너 또한 너 하고 싶은 대로 하리라고 생각한 다. 그때 나는 우리 두 사람 사이에는 어떤 예의나 주의가 필요 없다 고 생각할까? 아니, 그렇지 않다.

아무리 상대가 너라도 어느 정도의 에티켓은 지켜야 한다고 생각 한다. 정도의 차이는 있겠지만, 그것은 다른 사람에 대해서도 마찬 가지다.

만약 네가 이야기하는 동안 내가 줄곧 다른 생각을 하고 있거나, 네 앞에서 크게 하품을 하거나, 코를 골거나, 실수를 하거나 한다 면, 나는 내가 한 야만스러운 행동을 부끄럽게 생각할 것이다. 그리 고 너와 사이가 벌어지는 것을 각오해야 할 것이다.

즉, 아무리 친한 사이라도 관계를 끊고 싶지 않다면, 그리고 오래 지속시키고 싶다면, 어느 정도의 예의는 필요한 법이다. 남편과 아 내가(남자와 여자라도 상관없다), 낮 동안과 마찬가지로 밤을 함께 보 낼 때, 사양도 예절도 모두 없애버린다면 어떻게 될까? 단란했던 사 이도 얼마 안 가 싫증을 느끼게 되고, 서로 경시하게 될 것임에 틀림 없다.

사람은 누구나 나쁜 점을 가지고 있다. 그것을 그대로 드러내는 것은 단지 예의에 어긋나는 일일 뿐만 아니라 무분별하기도 한 것이다.

너는 모든 사람들과 언제까지나 사이좋게 지낼 수 있는 가장 알맞은 예의를 익히도록 해라. 그것이 무엇보다도 필요하다.

예의에 대해서는 이 정도로 해두자. 그러나 하루의 절반은 몸에 예의를 익히는 데 힘써주기 바란다.

다이아몬드도 원석일 때는 아무런 쓸모가 없다. 값어치는 있을지 모르지만, 갈고닦여져야 비로소 사람들에게 그 가치를 인정받게 된다. 물론 다이아몬드가 아름다운 것은 원석이 견고하고 밀도가 높기 때문이지만 갈고닦는 최후의 마무리 작업이 없다면 언제까지나 더러운 원석 그대로 남아 있게 되어, 기껏해야 호기심 강한 수집가의 진열장에 들어가는 것이 고작일 것이다.

너의 알맹이는 밀도가 높고 견고하다고, 나는 믿는다. 그 다음은 지금까지 네가 갈고닦은 그 수준으로 노력해주기 바란다. 네가 사용법만 알고 있다면 주위의 훌륭한 사람늘이 너를 멋있는 모양으로 다듬어 찬란한 광채가 나도록 해줄 것이 분명하다.

언행은 부드럽게,
의지는 굳건하게

언젠가 너에게 이런 말을 들려주면서 항상 마음속에 넣어두고 행동해주기 바란다는 편지를 쓴 적이 있는데, 기억하고 있나? 그것은 바로 '언행은 부드럽게, 의지는 굳건하게'라는 말이다. 이 말만큼 인생의 그 어떤 경우에라도 활용할 수 있는 말은 없다고 해도 좋을 것이다.

오늘은 이 말에 대해서 나이 지긋한 설교자가 된 심정으로 말하려고 한다. 먼저, 이 말을 구성하는 두 가지 요소, 즉 '언행은 부드럽게'와 '의지는 굳건하게'에 대해서 설명하고, 다음에 이 두 가지가 하나가 되었을 때 어떠한 효과를 가져오는가에 대해서, 그리고 마지막으로 그 실천에 대해서 언급할까 한다.

사람을 대하는 언행은 부드러우나 의지가 굳세지 못하면 어떻게 될까? 그러한 사람은 단지 붙임성만 좋을 뿐, 비굴하고 마음이 약한 소극적인 인간으로 전락해버린다. 반대로 의지는 굳센데 언행이 부드럽지 못한 사람은 어떨까? 그런 사람은 용맹스럽고 사나울 뿐, 앞뒤 생각없이 돌진하는 인간이 될 것이다. 사실은 양쪽 다 갖추는 것이 바람직하지만, 그런 사람은 여간해서 찾기 어렵다.

의자가 굳센 사람 중에는 혈기왕성한 사람이 많으며, 언행이 부드러운 것을 연약함이라고 단정하여 어떤 일이든지 힘으로만 밀어붙이려고 한다. 이런 사람은 상대가 내성적이고 소심한 경우에는 자기 뜻대로 일이 진행되지만, 그렇지 않을 경우는 상대의 분노나 반감을 사서 목적을 달성할 수 없다.

또 사람을 대하는 언행이 부드러운 사람 가운데는 교활한 사람이 많다. 그런 사람은 모든 것을 부드러운 대인관계를 이용해 손에 넣으려고 한다. 이른바 팔방미인이다. 마치 자기 자신의 의지 따위는 전혀 없는 것처럼 그때 그 자리에서 얼마든지 상대편에게 맞춰간다. 이런 사람은 어리석은 자는 속일 수 있어도, 그 밖의 사람은 속일 수 없고 곧바로 그 본색이 드러나고 만다.

언행의 부드러움과 의지의 굳건함을 겸비할 수 있는 사람은 강압적인 사람도 팔방미인도 아니다. 지혜롭고 현명한 사람일 뿐이다.

그렇다면 이 두 가지를 겸비하고 있으면 어떤 이점이 있을까?

명령을 내리는 입장에 있을 경우, 공손한 태도로 명령을 내리면 그 명령은 기꺼이 받아들여지고, 기분 좋게 실천에 옮겨질 것이다.

그런데 무턱대고 강압적으로 명령하면 그 명령은 적당히 수행되거나 중도에서 흐지부지해져버린다.

예를 들어, 내가 부하에게 "술 한 잔 가져와!" 하고 난폭하게 명령했다고 하자. 그런 식으로 명령했을 때, 나는 그 부하가 술을 가져올 때 내 옷에 술을 엎지르는 것을 각오해야 할 것이다. 그런 일을 당하기에 마땅한 짓을 했기 때문이지.

물론 명령을 내릴 때는 '복종하기 바란다'고 하는 냉정하고도 강한 의지를 나타내는 일도 필요하다. 그렇지만 그 명령을 부드러움으로 감싸서 상대가 쓸데없는 열등감을 갖지 않도록, 될 수 있는 한 기분 좋게 명령에 복종하게끔 배려하는 것도 필요하다. 그것은 네가 윗사람에게 어떤 것을 부탁할 때나 당연한 권리를 요구할 때도 마찬가지다. 겸손한 태도로 하지 않으면 처음부터 네 부탁을 거절하고 싶어 하는 사람에게 적당한 구실만 제공하는 셈이다.

그렇다고 해서 부드러움만으로 일이 성취되는 것은 아니다. 결코 뒤로 물러서지 않는 끈기와 품위를 잃지 않는 집요함으로, 네 자신의 의지가 얼마나 굳건한가를 보여주는 것이 중요하다.

도리에는 맞지만 정의를 위해서나 국가의 이익을 위해서라는 이유를 내세워 거절할 만한 일이라도, 집요함에 지거나 원한을 사는 것이 두려워서 고개를 끄덕이는 경우가 많다. 따라서 말과 행동을 부드럽게 해서 상대편의 마음을 사로잡아야 한다. 그렇게 하면 적어도 거절할 구실은 주지 않게 된다. 하지만 동시에 의지가 굳건하다는 것을 보여줌으로써 들어주지 않을 만한 일이라도, 귀찮으니까, 원한을 사는 것이 두려우니까, 하는 생각을 갖게 해서 들어주도록 만들면 좋을 것이다.

신분이 높은 사람은 사람들의 온갖 청탁이나 불평에 익숙하다. 외과의사들이 환자가 호소하는 통증에 불감증이 되어 있는 것과 마찬가지로, 하루 온종일 똑같은 하소연을 듣기 때문에 어떤 것이 진짜고 어떤 것이 가짜인지 구별할 수조차 없을 정도다. 그러므로 적당하게(공평한 입장이나 인도적인 입장에서) 호소해서는 좀처럼 들어주지 않는다. 다른 감정에 호소할 수밖에.

예컨대 부드러운 말씨와 태도로 호의를 산다든가, 끈질기게 호소해서, "이제 그만, 알았다" 하고 굴복시키든가, 혹은 품위를 떨어뜨리지 않으면서 들어주지 않으면 평생을 두고 원망하겠다는 듯 냉담한 태도를 취하여 두려움을 갖게 한다든지 하는 식이 좋다.

진정으로 강한 의지는 바로 이런 것이다. 결코 우격다짐으로 밀고 나가는 것이 아니다. 부드러운 언행과 굳건한 의지를 겸비하는 일이야말로 멸시받지 않고 사랑받으며, 미움받는 일 없이 존경하게 만드는 유일한 방법이다. 또 세상의 슬기로운 사람들이 한결같이 몸에 익히고 싶어 하는 위엄을 갖출 수 있는 방법이기도 하다.

항상 양보하는 것과 융통성은 크게 다르다

다음은 이것의 실천에 대해 이야기해보자.

감정이 격해져 사려가 없거나 무례한 말이 자신도 모르게 입 밖으로 튀어나올 것 같으면, 자신을 억제하고 언행을 부드럽게 해야 한다. 이것은 상대방의 지위가 낮든, 높든, 대등하든, 마찬가지다.

감정이 폭발할 듯하면 진정될 때까지 입을 다물고, 표정의 변화를 다른 사람이 알아차리지 못하도록 신경을 집중해라(표정을 간파당하는 것은 비즈니스에서 치명적이다).

그렇다고 해서 더이상 한 발짝도 양보할 수 없는 대목에서 아양을 떨거나, 상냥하게 나오거나, 비위를 맞추는 등 나약하게 상대방에게 아첨하는 행동을 해서는 안 된다. 오히려 일격을 가하며 집요하게 공격을 되풀이하는 것이 좋다. 그렇게 하면 손에 넣을 수 있는 것은 어김없이 손에 들어오게 마련이다.

온유하고 내성적이며, 언제나 길을 양보하는 사람은, 사악한 인간이나 남의 고통을 이해하지 못하는 사람에게 짓밟히고 멸시만 받을 뿐이다. 거기에 하나의 강력한 의지가 보태지면 존경받게 되고, 어지간한 일은 마음먹은 대로 된다.

친한 사이나 지인을 대할 때도 마찬가지다. 조금의 흔들림도 없는 의지의 힘은 그들의 마음을 사로잡을 것이다. 또한 부드러운 언행은 적을 만드는 것을 막아줄 것이다. 즉, 적에게 부드러운 태도로써 마음의 문을 열도록 만들어야 한다.

자기 생각대로 일을 진행하는 비결─북풍과 태양

일에 대한 협상을 할 때도 의지의 굳건함을 느끼게 하는 것을 잊어서는 안 된다. 부득이 타협하지 않으면 안 될 때가 올 때까지 한 발짝도 물러서서는 안 된다. 절충안도 받아들여서는 안 된다. 부득이 타협해야만 될 경우에도 저항하면서 한 발짝, 한 발짝씩 물러서야 한다. 그렇게 하면서도 부드러운 태도로 상대의 마음을 사로잡는 것을 잊어서는 안 된다. 상대의 마음을 사로잡을 수 있다면 이해를 얻어 마음을 움직일 수 있을지도 모른다.

떳떳하고 솔직하게 이렇게 말해보면 어떨까.

"몇 가지 문제점은 있습니다만, 그렇다고 해도 귀하에 대한 저의 존경심에는 변함이 없습니다. 오히려 이번 일을 통해 귀하의 뛰어난 능력과 열의에 감탄하고 있습니다. 이처럼 훌륭하게 일하시는 분을 개인적으로 가까이할 수 있다면 좋겠습니다."

이와 같이 '언행은 부드럽게, 그리고 의지는 굳건하게'를 시종일관 밀고 나간다면 대개의 협상은 성공적으로 이루어진다. 적어도 상대가 마음먹은 대로 되지는 않으리라.

내가 언행을 부드럽게 하라고 강조하고 있지만, 그것이 온순하기만 한 부드러움이 아니라는 것을 이제 너도 알아차렸을 것이다. 그렇다. 자기 의견은 분명히 말해야 하며, 무엇보다도 다른 사람의 의견이 틀렸다고 생각되었을 때는 분명하게 말해야 한다.

내가 문제 삼는 것은 말하는 방법이다. 의견을 말할 때의 태도나 분위기, 용어의 선택, 목소리 등을 모두 부드럽고 상냥하게 하라는 것이다. 여기에는 어떤 강제성이나 무리가 따라서는 안 된다. 그만큼 자연스러워야 한다.

남과 다른 의견을 말할 때도 상냥하고 품위 있는 표정을 짓고, 말씨도 부드럽게 하면 좋다. "제 생각을 물으신다면, 저는 이렇게 대답하겠습니다. 그다지 확신을 가지고 있는 것은 아닙니다만……"이라든가 "확실히는 모릅니다만, 어쩌면 이런 뜻이 아닐까요……" 하고 말이다.

부드러운 말투라고 해서 전혀 설득력이 없는 것은 아니다. 오히려 거센 바람보다는 따뜻한 태양이 지나가는 행인의 옷을 벗기듯, 부드러운 언행은 상대방의 마음을 틀림없이 사로잡게 된다.

또한 토론을 할 때에는 기분 좋게 끝내라. 자기도 상처를 입지 않았고, 상대방의 인격도 손상할 생각이 없다는 점을 분명히 보여줄 필요가 있다. 의견 대립은, 비록 일시적이라도, 서로를 멀어지게 만들기 때문이다. '그까짓 태도쯤이야'라고 말할지 모르지만, 태도도 내용과 똑같이 중요할 때가 있다. 호의를 베풀 생각이었는데 오히려 적을 만들고, 심술궂은 마음으로 한 것이 친구를 만들기도 하는 등 태도 여하에 따라 상대가 다르게 받아들일 수 있기 때문이다.

얼굴 표정이나 말하는 방법, 용어의 선택이나 발성 그리고 품위 등이 부드러우면 언행은 부드러워지고, 거기에 강인한 의지가 더해지면 위엄도 생겨 틀림없이 사람들의 마음을 사로잡게 될 것이다.

Chapter 09

아들에게 주는 인생 최대의 교훈

야무지지 않으면
험한 세상을 살아가기란 참으로 힘들다

세상에는 세상을 살아가는 지혜 같은 것이 있다. 그것을 알고 먼저 실천하는 자가 여러 사람들의 마음을 사로잡아 가장 먼저 출세한다고 말할 수 있다. 젊은이들은 자칫 이런 것을 싫어하는 경향이 있지만, 내가 지금부터 이야기하려는 것도 훗날에 네가 '알아두었더라면 좋았을걸' 하고 생각하게 될 것들 중 하나다.

먼저 세상 살아가는 지혜를 알고 그것을 실천하라

세상을 살아가는 지혜의 근본은 뭐니뭐니해도 자신의 감정을 겉으로 드러내지 말 것, 즉 말이나 행동이나 표정에서 마음이 동요하고 있다는 것을 알아차리지 못하도록 하는 일이다. 일단 상대방이 알아차렸다면 자기 조종이 능숙하고 냉정한 상대가 너를 좌지우지하게 된다.

이것은 직장생활에 한정된 것이 아니다. 평소의 생활에서 자기도 모르게 상대에게 조종당할 가능성은 얼마든지 있다. 싫은 말을 들으면 노골적으로 화를 내거나 표정을 바꾸는 사람, 기쁜 말을 들으면 뛸 듯이 기뻐하거나 표정이 풀어져버리는 사람, 이런 사람들은 교활한 인간이나 능청스러운 사람의 희생양이 되기 쉽다.

교활한 사람은 고의적으로 상대방을 화나게 하거나 기뻐하게 만들어 반응을 살피고는, 어떤 비밀을 캐내려고 한다. 자기 분수도 모르고 뽐내는 사람도 마찬가지다. 다른 점이 있다면, 자기도 모르게 교활한 사람과 똑같은 짓을 하지만, 자기 자신에게 득이 되기는커녕 그 이익은 주위 사람들에게 돌아간다는 점이다.

자신의 성격을 변명으로 이용하지 말라

냉정한가 그렇지 않은가는 일종의 성격이니, 사람의 힘으로는 어떻게 할 수 없는 것이 아니냐고 의문을 가질지도 모르겠구나. 냉정한가 그렇지 않은가 하는 것은 분명 성격에서 비롯되는 경우가 많다. 하지만 우리는 무엇이든지 그것을 성격 탓으로 돌려 변명하는 경우가 많다. 마음먹고 노력만 한다면 조금은 개선할 수 있는 부분이 있지 않을까? 평범한 사람은 이성보다 성격을 앞세우는 습관이 있지만 나는 노력만 하면 이성으로 성격을 억제하는 습관을 몸에 익힐 수 있다고 생각한다.

만일 갑자기 감정이 폭발할 것 같아 억제할 수 없다면, 진정될 때까지 입을 다물고 있는 것이 좋다. 얼굴 표정도 될 수 있는 한 바꾸지 말아야 한다. 평소 이 말을 명심하고 있으면 틀림없이 가능하다.

제법 똑똑한 것 같은 말이나 재치 있는 말, 멋진 말 등을 무의식중에 하고 싶어지지만, 이런 말들은 일시적인 찬사는 받을지 몰라도 호의적으로 받아들여지지는 않는다. 오히려 적을 만들 뿐이지.

이와 반대로, 만약 누군가 너를 빈정대는 말을 했다면, 가장 좋은 방법은 그저 못 들은 척하는 것이다. 직접 들었기 때문에 그렇게 할 수 없다면 그들과 함께 웃고, 상대가 말한 내용을 인정하고, 재치있는 비방 방법이라고 칭찬해줌으로써 부드럽게 그 자리를 지나쳐버려라. 무슨 일이 있어도 똑같은 방식으로 반격해서는 안 된다.

만약 그런 짓을 한다면, 자기가 상처를 입었다는 것을 인정하는 것과 마찬가지여서, 모처럼의 수고도 물거품이 되어버릴 테니까.

상대에게 속마음을 간파당하지 말라

어떤 일을 협상하는 데 혈기왕성한 사람과 상대할 때처럼 좋은 결과를 얻는 일은 없다. 상대방은 혈기가 왕성하기 때문에 사소한 일에도 마음이 흐트러져서 엉뚱한 말을 입 밖에 내거나, 표정에 드러내기 때문이다. 그런 사람을 상대할 때는 미리 넘겨짚어서 상대방의 표정을 관찰하면 반드시 그 속셈을 알 수 있다. 비즈니스에서는 상대의 속마음을 읽을 수 있느냐 없느냐가 성공의 열쇠이다.

자기의 감정이나 표정을 감출 수 없는 사람은 그렇게 할 수 있는 사람에게 당하게 마련이다. 다른 모든 조건이 대등할 경우에 만약 상대가 능수능란한 수완가인 경우에는 더더욱 승산이 없다.

시치미를 떼라는 말이냐? 맞다. 바로 그 말이지. 그렇게 하는 것이 잘못은 아니란다. 옛날부터 전해오는 격언 중에 '속마음을 간파당하면 상대방을 제압할 수가 없다'는 말이 있다.

나는 더 극단적으로 말하고 싶구나. 속마음을 남에게 읽히면 어떤 일도 성취할 수 없다고……

따라서 똑같이 시치미를 떼는 일이라도 속마음을 남에게 간파당하지 않도록 시치미를 떼는 일과 상대편을 속이기 위하여 시치미를 떼는 일은 크게 다르다. 그리고 나쁜 것은 후자의 경우이지 전자의 경우가 아니다. 사람을 속이기 위해서 감정을 숨기는 것은 도덕에 어긋날 뿐만 아니라 비열한 행위라고 할 수 있다.

베이컨 경 영국의 철학자이자 정치가 도 다음과 같이 말하였다.

"상대편을 속이는 것은 진정한 성인이 할 일이 아니다. 자기의 속마음을 남에게 읽히지 않기 위하여 감정을 감추는 것은 트럼프의 카드를 보여주지 않는 것과 같지만, 상대편을 속이기 위하여 그렇게 하는 것은 상대편의 카드를 훔쳐보는 것과 다를 바가 없다."

볼링브로크영국의 정치가이며 문필가 경도 자신의 저서(이 책은 될 수 있는 대로 빨리 너에게 보낼 생각이다)에서 다음과 같이 말하고 있다.

"남을 속이기 위하여 감정을 감추는 것은 마치 단검을 휘두르는 것과 같아 바람직하지 않은 행위일 뿐만 아니라 불법 행위이기도 하다. 단검을 사용하면, 그것은 어떠한 정당한 이유나 변명에도 통용되지 않는다."

또한 속마음을 남에게 들키지 않도록 감정을 감추는 것은 방패를 드는 것과 마찬가지며, 기밀을 보전하는 것은 갑옷을 입는 것과 같은 것이다. 어떤 일을 할 때에도 어느 정도 감정을 감추지 않으면 기밀을 보전할 수 없고, 기밀을 보전할 수 없으면 일이 제대로 되지 않는다.

그런 의미에서 그것은 마치 귀금속에 합금을 섞어서 동전을 주조하는 기술과 흡사하다. 합금을 조금 섞는 것은 필요하지만, 너무 지나치게 섞으면(비밀주의가 지나쳐 교활이 되고) 주화는 통화로서의 가치를 잃고 주조자의 신용도 떨어져버린다.

그러므로 마음속에 아무리 감정의 폭풍이 거칠게 불어도 그것을 표정이나 말에 나타내지 않도록, 자기의 감정을 완전히 감출 수 있도록 노력해라. 이것은 매우 어렵고 힘든 일이다. 그러나 불가능한 일도 아니다. 지성을 갖춘 사람은 불가능한 일에는 도전하지 않지만, 아무리 곤란한 일이라도 추구할 가치가 있는 일이라면 몇 배의 노력을 기울여서라도 반드시 해내는 법이지 않니. 너도 노력해주기 바란다.

선의의 거짓말을
적절히 이용해라

알고 있는 사실을 모르는 척한다는 것이 때로는 크게 도움이 되는 지혜가 아닐까 하는데, 네 생각은 어떠니?

예를 들어, 누군가가 무슨 이야기를 하려고 할 때 모르는 척한다. 그 사람이 "이런 이야기를 아십니까?"라고 물었을 때 "아뇨, 모르는데요"라며, 설령 알고 있더라도 모르는 척하여 상대편이 계속 이야기하도록 한다.

이야기를 하는 것 자체에 기쁨을 느끼는 사람도 있을 것이다. 지적인 발견에 대해 이야기하고, 그것으로 자존심을 만족시키고 싶어 하는 사람도 있을 것이다. 이런 중요한 이야기를 들려줄 만큼 자기는 신뢰받고 있다는 점을 자랑하고 싶어 떠드는 사람도 있을 것이다(이 경우가 대부분일지도 모른다).

때론 "이런 이야기를 아십니까" 하는 질문을 받았을 때, 네가, "예" 하고 대답해버리면 그 사람은 실망하고 말 것이다. 그리고 결국은 '눈치 없는 사람'이라며 상대하기 싫어할 것이다.

개인적인 중상이나 좋지 못한 소문은 귀가 따가울 정도로 들었더라도, 흉금을 터놓을 수 있는 친구가 아니라면 아예 못 들은 척하는 것이 좋다. 이런 경우 대개는 듣는 쪽도 이야기하는 쪽과 마찬가지로 나쁘다고 여겨지기 쉽다. 따라서 그런 화제가 입에 오르면, 실은 다 알고 있는 이야기라도 언제나 모르는 척 가장하고, 정상을 참작하는 의견 쪽에 붙는 편이 좋다.

이와 같이 함부로 아는 척을 하지 않는다면, 어떤 우연한 기회에 정말로 알지 못했던 정보를 완벽하게 얻게 되는 일도 있을 것이다. 그리고 사실 이 방법이야말로 정보를 수집하는 최상의 방법이기도 하다.

무적의 아킬레우스도 싸움터에 나갈 때는 완전무장을 했다

대부분의 사람들은 아무리 하찮은 일에서라도, 한순간이라도 더 높은 위치에 서서 허영심을 만족시키고자 원하는 법이다. 그래서 사실 말해서는 안 되는 비밀까지도, 상대편이 모르는 것을 자기가 가르쳐줄 수 있다는 것을 과시하고 싶어서 그만 실언을 하게 된다.

그럴 때, 모르는 척 시치미를 떼면 정보를 얻을 수 있는 일 외에도 득을 보는 일이 많다. 이를테면 정보를 입수하는 데 아무 관심도 없다고 여겨져, 그 결과 음모나 질 나쁜 계략과는 아무 관련이 없는 인물이라고 상대는 믿게 된다.

그렇다고는 해도 정보는 수집해야 한다. 어설프게 들은 정보는 자세히 조사하지 않으면 안 된다. 그리고 정보를 수집할 때는 현명한 방법을 취해야 한다. 항상 또는 시종일관 귀를 곤두세우거나, 직접 질문하는 것은 현명한 방법이 아니다. 그런 짓을 하면 상대편은 경계태세를 취하고, 같은 이야기를 몇 번이고 반복하는 등 시시한 정보밖에 내주지 않는다.

모르는 척 시치미를 떼는 것과는 반대로, 당연히 모든 것을 알고 있는 척하는 것도 때로는 효과가 있다.

"아, 그 이야기 말씀입니까?"라며 친절하게 모든 것을 이야기해주는 사람이 있는가 하면, "이런 이야기를 들었는지 모르지만 사실은……" 하고 말해주는 사람도 있다. 그리고 더 알고 싶은 것이 있느냐고 이것저것 캐물으면서 정보를 제공해주는 사람도 있다.

이처럼 생활의 지혜를 능수능란하게 활용하기 위해서는 항상 자신과 주변에 주의를 기울이고 냉정해져야 한다.

아킬레우스그리스 신화에 나오는 영웅도 전쟁터로 나갈 때는 완전무장을 했다. 사회는 너에게는 전쟁터와 다름없다. 항상 완전무장을 하고, 약점에는 갑옷을 한 벌 더 겹쳐 입는 정도의 마음가짐이 있어야 한다. 사소한 부주의가, 조그마한 방심이 치명상을 입힐 수 있으니.

사회에서는
인맥도 실력이다

몽펠리에에 머물고 있는 너에게 이 편지가 배달될 것이라고 믿는다. 모쪼록, 몽펠리에에 있는 하트 씨의 병도 완쾌되어 크리스마스 전까지 파리에 도착하기를 기도하고 있다.

파리에는 너에게 꼭 소개하고 싶은 이가 두 분 있다. 모두 영국 사람인데, 주목할 만한 분들이다. 그분들과 친근하게 지내도록 해라.

한 분은 여성이다. 그렇다고 이성으로 친숙한 관계를 맺으라는 얘기는 아니다. 그 문제는 내가 관여할 바가 아니지만, 유감스럽게도 그 여성은 50세가 넘었단다. 전에 너에게 디종까지 가서 한번 만나뵙고 오라 했던 바로 그 하비 부인이다. 다행스럽게도 파리에서 이번 겨울을 지내신다고 하는구나.

하비 부인은 궁정에서 태어나고 자랐으며, 궁정의 쓸모없는 부분을 제외한 좋은 부분, 즉 예의 바르고 품위 있으며 친절함 같은 것을 다 갖추셨다. 식견도 높고, 여성으로서 읽어야 할 책은 모두 읽었을 뿐만 아니라 라틴어도 자유자재로 구사하신단다.

사람들이 눈치 채지 않도록 그 모든 것을 능숙하게 감추고 계신 그녀는 너를 친자식처럼 대해주실 것이다.

너도 그 부인을 나의 대리인으로 생각하면서 무엇이든 의지하고, 의논하고, 부탁하도록 해라. 하비 부인처럼 모든 것을 갖추고 있는 여성은 없다고 나는 확신한다.

대답하는 방법이나 언행, 예법 등 부족하고 합당치 못한 점들이 발견되면, 그때마다 지적해주시도록 부탁해라. 온 유럽을 다 뒤져도 하비 부인만큼 이 역할을 분명하게 해낼 수 있는 분은 없으니까.

너에게 소개하고 싶은 또 한 사람은, 너도 조금은 안면이 있는 한팅턴 백작이다. 내가 너 다음으로 애정을 쏟고 높이 평가하고 있는데, 나를 양아버지처럼 따르고 있으며, 또 사실 나를 그렇게 불러주고 있다.

거기에다 그는 뛰어난 자질과 폭넓은 지식을 갖추고 있다. 만일 그의 성격에 대해서 종합적인 평가를 한다면, 이 나라에서 가장 훌륭한 청년이라고 말하고 싶다.

이들과 친숙한 관계를 맺어두면 언젠가는 반드시 좋은 일이 생길 것이다. 게다가 그 역시 나의 심정을 헤아리고 너와 친숙하게 지낼 생각을 하고 있다. 너를 위해서도 두 사람의 관계가 긴밀해지길 바란다. 또한 그 교제의 가치를 높여주기를 원한다. 나는 네가 그렇게 할 수 있을 것으로 믿는다.

인맥을 최대한 활용하라

우리가 살아가는 이 사회에서는 친분 관계가 필요하다. 신중하게 관계를 구축하고 그것을 잘 유지해나간다면, 그 사람은 틀림없이 성공한다.

친분관계에는 두 가지가 있다. 너는 그 차이를 항상 염두에 두고 행동하기 바란다.

첫째는 대등한 연고관계다. 이것은 자질이나 역량이 거의 비슷한 두 사람이 쌓아가는 호혜적인 관계로 비교적 자유로운 교류와 정보 교환이 이루어진다. 이러한 관계는 서로의 능력을 인정하고, 상대방이 자기를 위해서 힘써준다는 확신이 없으면 성립되지 않는다. 그 밑바탕에 흐르고 있는 것은 상대방에 대한 존경심이지.

때때로 서로의 이해관계가 대립되는 경우가 있더라도 결코 깨어지지 않는 상호 의존관계가 성립되어 있다. 설령 이해가 대립되더라도 서로 조금씩 양보하면 최종적으로 합의에 도달하게 된다.

내가 한팅던 백작과 너에게 바라는 것이 바로 이와 같은 관계이다. 두 사람 모두 거의 비슷한 시기에 사회에 진출할 것이다. 그때 너에게 백작과 거의 비슷한 능력과 집중력이 생기면, 너희들은 다른 젊은이들과도 손을 잡고 모든 행정기관이 무시할 수 없는 집단을 결성할 수 있을 것이며, 또 그렇게 함으로써 함께 발전해나갈 수 있을 것이다.

다른 하나는 대등하지 않은 연고관계이다. 한쪽에는 지위나 재산이 있고, 다른 한쪽에는 소질과 능력이 있는 경우다. 이 관계에서는 도움을 받을 수 있는 것은 한쪽뿐인데, 그 도움도 겉으로 드러나지 않도록 교묘하게 덮여 있는 경우가 많다.

도움을 받는 쪽은 상대편의 비위를 맞추거나 마음에 들도록 행동하면서 상대편의 우월감에 대해 꾹 참는다. 반대로 도움을 베푸는 쪽은 핵심을 조종당하여 머리가 잘 돌아가지 않는 상태로, 자기로서는 상대편을 잘 조종하고 있는 줄 착각하고 있다. 그러나 사실은 자기 혼자만 그렇게 생각하고 있을 뿐, 상대방의 의도대로 움직이고 있는 것이다. 이런 사람은 간혹 교묘하게 조종만 한다면 조종하는 쪽에 커다란 이익을 가져다주는 경우가 많다.

이런 경우에 대해 전에 너에게 편지로 쓴 일이 있다고 생각되는구나. 그 밖에도 이와 비슷한 예는 얼마든지 있다. 그 정도로 한쪽에만 이익을 가져다주는 이 관계는 보편화되어 있다고 할 수 있지.

라이벌을 이길 수 있는 방법을
최대한 연구하라

싫은 사람을 다정하게 대하는 방법을 알아두는 것은 중요한 일이다. 그런데 젊은이들은 알고 있으면서도 막상 실천에 옮기려고 하지 않는다. 그들은 사소한 일에도 금세 흥분하여 앞뒤를 잘 가리지 못한다. 직장생활이나 연애문제에서도 그렇지만, 자기 생각을 비판하는 말을 들으면 당장에 상대를 싫어하게 되기 쉽다.

즉, 젊은이들에게는 라이벌도 적과 다름없다. 라이벌이 눈앞에 나타나면 노력해서 잘 행동하려 해도 어색해지고, 냉담한 태도나 무례한 태도를 취하며, 어떻게든 상대방을 넘어뜨릴 생각만 한다.

이것은 터무니없는 처사이다. 상대방에게도 좋아하는 일이나 여성을 선택할 권리가 있다. 게다가 그렇게 하는 것은 통찰력이 부족하지 않다는 증거이기도 하다. 라이벌에게 냉담하게 대한다고 해서 자기 소원이 이루어지는 것은 아니다. 오히려 경쟁자끼리 싸우고 있는 틈에 제3자가 끼어들어 이익을 챙기는 경우도 종종 일어나지 않느냐.

물론 사태가 그리 단순하지는 않을 것이다. 어느 쪽도 간단하게 방향전환을 할 수 있지도 않고, 일이든 연애든 간섭받기를 별로 원치 않는, 미묘한 문제임에는 틀림없다. 그러나 원인을 제거하지는 못할지라도 결과가 어떻게 될 것인가 정도는 알 수 있겠지.

예를 들어 두 사람의 연적이 서로 노려보고 있다고 하자. 이때 두 사람이 서로를 외면하거나 욕지거리를 주고받으면, 그 자리에 있던 사람들은 틀림없이 불쾌한 마음이 들 것이다. 그리고 그들이 사랑하는 여성조차도 불쾌한 생각을 갖게 될 것이 뻔하다.

그러나 어느 쪽이든 한쪽에서, 진심은 어떻든 간에 겉으로는 상냥하고 자연스럽게 대한다면 어떻게 될 것인가? 다른 한쪽의 인물이 초라해 보여, 사랑하는 여성은 상냥하게 응대하는 쪽에 호감을 갖게 될 것이다. 한편 상대에게 상냥한 응대를 받은 쪽은, 그 태도를 자신감의 표현이라고 해석하여, 그 여성을 책망할 것임에 틀림없다. 그러면 그 여성도 그러한 이성 없는 태도에 화가 나 두 사람 사이는 더 멀어질 것이다.

좋은 라이벌의 존재가 일을 성공시키는 열쇠가 된다

일에서의 라이벌도 마찬가지다. 자기의 감정을 억제하고 겉으로 냉정해질 수 있는 사람이 경쟁에서 이길 수 있다.

프랑스 사람들은 '은근한 태도'라는 말을 즐겨 쓴다. 이 말은 연적에게 싫어하고 미워하는 감정을 노골적으로 표시하는, 소견이 좁은 인간에게 각별히 상냥한 태도로 대하라는 뜻이다. 더 알기 쉽게 설명하기 위해서 내 경험담을 이야기할 것인데 네가 나와 비슷한 상황에 처하게 되었을 때 네게 도움이 되기 바란다.

내가 네덜란드의 헤이그에 가서, 오스트리아 왕위계승 전쟁에 대한 전면 참전을 요청하고, 구체적으로 군대의 수를 결정하는 등의 협상을 성사시키고 돌아왔을 때의 이야기다. 헤이그에는 너도 잘 알고 있는 대수도원장이 있었는데, 그는 프랑스 편에 서서 어떻게 해서든지 네덜란드의 참전을 막으려 하고 있었다. 나는 이 대수도원장이 두뇌가 명석하고 마음도 따뜻하며 성실하고 부지런한 사람이라는 말을 듣고서, 서로 숙적 관계라는 이유로 가까이 사귈 수 없음을 매우 유감스럽게 생각하였다. 하지만 제3자가 마련한 자리에서 그를 처음 보았을 때, 나는 이렇게 말했다.

"비록 나라끼리는 적대 관계에 있습니다만, 우리라면 그것을 뛰어넘어 서로 가까이 지낼 수 있으리라 생각합니다."

그러자 대수도원장도 "저 역시 그렇게 생각합니다"라고 정중한 태도로 대답해주었다.

그로부터 이틀 후, 내가 아침 일찍 암스테르담 의회에 나갔는데 벌써 대수도원장이 나와 있었다. 나는 대수도원장과 서로 알고 있는 사이라는 것을 대의원들에게 알린 뒤 부드러운 미소를 지으며 말했다.

"나의 오랜 숙적이 이 자리에 계시는 것을 보고 대단히 유감스럽게 생각하고 있습니다. 이렇게 말씀드리는 것은, 이분의 능력은 이미 나에게 두려움을 심어주고 있기 때문입니다. 이래서는 공평한 싸움이 되질 않습니다. 부디 이분의 힘에 굴복하지 말고 이 나라의 이익만을 생각하시도록 부탁드립니다."

그날 나는 이 말을 그대로 다 하지는 못했더라도 마지막의 한 마디만은 무슨 일이 있어도 해야 했었다고 생각한다.

나의 말에, 그 자리에 있던 모든 사람들이 미소를 지어 보였다. 대수도원장도 나에게 정중한 찬사를 받은 것이 그리 싫지 않은 모양이었다. 15분쯤 지나자 그는 자리를 떠났다.

나는 설득을 계속하였다. 선과 나름없는 태도로, 그렇지민 전보다는 더 진지하게.

"내가 여기에 온 이유는 오직 네덜란드의 국익을 위해서입니다. 나의 친구는 여러분의 눈을 현혹시키기 위해서 허식이 필요했을지 모르지만 나는 일체 그런 것을 벗어던지고 진실만을 말씀드리고자 합니다."

결국 나는 목적을 달성했다. 그리고 그 후 대수도원장과 동등한 위치에서 사귀고 있다. 제3자가 마련한 장소에서 만났을 때도 물론이지만, 지금도 변함없이 정중한 태도로 대하면서 서로의 근황 등을 물어보곤 한다.

라이벌에게도 정중함을 잃지 마라

사실 당당하고 떳떳한 사람으로서 라이벌에게 취해야 할 태도로는 두 가지 방법이 있다. 극단적으로 친절하게 대하든가, 아니면 그를 굴복시켜버리는 일이다.

만약 상대가 갖가지 술수를 써서 너를 모욕하거나 경멸한다면 주저할 것 없다. 굴복시켜도 좋다. 하지만 약간의 마음의 상처를 입은 정도라면 겉으로는 예의 바르게 행동해야 한다. 그렇게 하는 것이 상대에 대한 보복이고, 어떻게 보면 자신을 위한 일도 될 것이다. 이것은 상대편을 기만하는 것이 아니다. 네가 그 사람의 가치를 인정하고 친구가 되고 싶다면 비겁한 태도일지 모르지만 그런 사람하고는 친구가 되지 않는 게 좋다.

공적인 자리에서 노골적으로 실례되는 태도를 취하는 사람에게 정중하게 말한다고 해서 비난받을 리는 없다. 대다수 사람들은 그 자리를 원만하게 수습하고, 주위 사람들에게 불쾌감을 주지 않으려 노력하고 있다고 생각할 것이다. 세상에는 개인적인 취미나 질투 때문에 주위를 어지럽게 해서는 안 된다는 약속 같은 것이 있기 때문이다. 그것을 태연스럽게 침범하는 자는 세상 사람들의 웃음거리가 되어 동정을 받지 못하는 법이다.

우리가 살고 있는 이 사회는 심술과 증오, 원한, 질투 등이 소용돌이치고 있는 곳이다. 그리고 노력하는 사람보다 그 수는 적지만 열매만을 따가는 교활한 인간도 있다. 또 흥망성쇠도 심하다. 오늘 흥했는가 싶으면 내일 망해버리기도 한다.

이런 사회 속에서는 예의가 바르다거나 부드러운 언행이라거나 하는 등의, 실질적인 것과는 관계가 없는 장비까지 몸에 갖추고 있지 않으면 살아남기 어렵다. 내 편이 언제 적이 될지 모르며, 적도 언제 내 편이 될지 모르기 때문이다. 그래서 마음속으로는 미워하면서도 겉으로는 상냥하게 대하고 신중을 기하는 것이 필요하다.

사랑하는 아들에게 주는
또 하나의 충고

너는 이미 사회인으로서 첫발을 내디뎠다. 나는 아버지로서 언젠가는 네가 크게 성공하기를 간절히 바라고 있단다. 실천이 무엇보다 훌륭한 공부다. 동시에 모든 일에 대한 배려와 집중력도 필요한 법이지.

이를테면, 편지 쓰는 일을 예로 들어 너에 대한 도움말의 총정리로 삼고 싶구나. 여기에는 사회인이 몸에 지녀야 할 상식적인 요소가 잘 집약되어 있단다.

실천만이 최상의 공부다

먼저, 비즈니스 편지를 쓸 때는 확실하고 분명해야 한다. 세상에서 가장 머리 나쁜 사람이 읽어도 뜻을 잘못 이해하거나 의미가 애매하여 처음부터 다시 읽는 일이 없도록 명확하게 쓰지 않으면 안 된다. 그러기 위해서는 정확성이 무엇보다 필요하다. 여기에 품위가 곁들여진다면 더 말할 나위도 없겠지.

비즈니스 편지에는 개인적인 편지, 즉 상대방이 좋아하는(물론 정확하게 사용했을 경우의 이야기이지만) 일반적인 은유나 비유, 대조법이나 경구 등을 사용하는 것은 어울리지 않는다. 차라리 산뜻하고 품위 있게 정리되어 있는, 구석구석까지 세심한 배려가 깃들어 있는 문체가 바람직하다. 옷차림에 비유하자면 정장은 좋은 느낌을 주지만, 지나치게 화려하거나 단정치 못한 것은 좋은 느낌을 빼앗아버리는 것이지.

또 글을 쓸 때는, 단락마다 제3자의 눈으로 다시 읽어봐서 다른 뜻으로 받아들여질 우려가 있는 대목은 없는지 꼭 확인해야 한다. 대명사나 지시대명사에 주의하는 것이 좋다. '그것', '이것', '본인' 등등을 너무 많이 사용하여 오해를 살 정도라면, 다소 길어지더라도 명확하게 '○○씨', '○○의 건'이라고 명시하는 편이 좋다.

비즈니스 편지라고 해서 정중함이나 예의를 무시해도 좋다는 법은 없다. 오히려 '귀하를 알게 되어 영광……'이라든가, '저의 의견을 말씀드리자면……'처럼 경의를 표하는 것이 중요하지.

해외에 있는 외교관은 국내에 편지를 보낼 때는 대개 윗사람인 각료나 후원자(혹은 후원자가 되어주기를 바라는 사람)에게 쓰는 일이 많으므로, 특히 이 점에 주의하지 않으면 안 된다.

편지지를 접는 방식이나 봉함하는 방식, 수신인의 주소나 성명을 쓰는 방식 등의 사소한 것에도 그 사람의 인격이 나타나는 법이다. 물론 좋은 인상을 주는 것과 나쁜 인상을 주는 것도 여러 가지가 있다. 너는 별로 대수롭지 않게 여기는 모양이지만, 그러한 점까지 배려하는 것을 잊지 않도록 해라.

그리고 명필은 비즈니스 편지에서 꼭 필요한 것은 아니지만, 바람직한 요건 중 하나다. 화사하지 않고 보기에 좋아야 한다는 것은 그런 의미에서 중요한 요소이지. 그러나 이것은 비즈니스 편지로서는 총정리라고 말할 수 있는 것이므로, 아직 밑바탕이 닦여 있지 않은 너에게 이런 장식적인 부분까지 신경을 쓰라고는 하지 않으마. 문자나 문체를 지나치게 장식하면 오히려 역효과가 나므로 간소하면서도 품위가 있고, 위엄을 느끼게 하는 것이 가장 좋다. 너는 그러한 편지를 쓰도록 노력해라.

문장은 너무 길거나 너무 짧아서도 안 된다. 의미가 확실하게 전달될 정도의 길이가 바람직하다. 너는 간혹 맞춤법이 틀리는데, 그것도 다른 사람의 비웃음을 사는 원인이니 조심하도록 해라.

그리고 네 글씨가 왜 그렇게 엉망인지 나는 도저히 이해할 수가 없다. 글씨를 쓸 줄 알고 읽을 줄 아는 사람이라면 아름다운 필체를 쓸 수 있다고 생각하는데 말이다. 나로서는 네가 글씨를 좀더 잘 쓰게 되기를 바랄 수밖에 없구나.

어떤 일을 하든 잘 마무리하는 습관을 길러라

글씨본에 있는 글자처럼 한 자 한 자 신중하게 긴장을 하면서 쓰라는 것은 아니다. 사회인이라면 글씨를 아름답게 쓸 수 있어야 한다. 그러기 위해서는 오직 꾸준한 연습이 필요하지.

지금부터라도 아름다운 글씨를 쓰는 습관을 몸에 익혀두는 것이 좋다. 그렇게 하면 신분이 높은 사람에게 편지를 쓸 일이 생겼을 때도, 글씨와 같은 사소한 것에 신경을 쓰지 않고, 내용에만 정신을 집중할 수 있을 테니 말이다.

젊었을 때의 공부가 부족했기 때문에, 유사시에는 작은 일에 마음을 빼앗긴 나머지 큰 일을 처리하지 못해 비웃음을 산 사람이 있다. 이 사람은 '작은 일에는 통이 큰 사람, 큰일에는 소심한 사람'이라 불렸다고 한다. 큰일에 대처해야 할 때도 작은 일에만 마음을 빼앗겼기 때문이다.

지금 너는 작은 일에 신경을 써야 하는 시기에 있고, 또 그런 지위에 있다. 지금부터 작은 일을 잘 마무리하는 습관을 몸에 익혀두는 것이 좋다. 머지않아 너에게도 큰일이 맡겨질 때가 올 것이다. 그때가 되면 작은 일에 구애받지 않도록 지금부터 만반의 준비를 해두는 것이 좋지 않을까 생각한다. 내 사랑하는 아들아…….

아들아
세상은 넓고 할 일은 많다
소중한 인생을
이렇게 살아라

지은이 · 필립 체스터필드

펴낸이 · 오광수 외 1인 | **펴낸곳** · **새론북스**

주소 · 서울시 용산구 백범로 90길 74, 대우이안 오피스텔 103동 1005호

TEL · (02) 3275-1339 | **FAX** · (02) 3275-1340 | **출판등록** · 제 2016-000037호

jinsungok@empal.com

초판 1쇄 발행일 · 2006년 8월 17일 | **개정판 2쇄 발행일** · 2018년 6월 20일

ⓒ 새론북스
ISBN 978—89—93536—20—1 (03840)